사랑하는 개

사랑
하는
개

박솔뫼
소설

스위밍꿀

고기 먹으러 가는 길

숙소에 도착한 것은 점심이 지난 시간이었다. 갑작스런 폭설이 쏟아졌지만 그것은 우리에게나 폭설이었고 이곳 사람들에게는 일상적인 눈이 오고 있었다. 바람은 불고 날은 춥고 나와 도형은 밥을 먹으러 숙소를 나섰다. 미리 봐둔 식당은 도보 십칠 분 거리라고 했는데 이미 얼어붙은 길을 미끄러지지 않으려 애쓰며 걷느라 삼십 분 가까이 걸렸다. 가려는 곳은 적당한 가격의 파스타집이었는데 간판을 보고 반가워하며 문 앞으로 가자 CLOSE라고 적혀 있는 보드가 보였다. 혹시나 해서 문을 열어보았더니 테이블에 고개를 묻고 있는 아르바이트생이 보였는데 그 아르바이트생은 아

르바이트생 같지 않고 그렇다고 그 집 딸은 아니고 딸
친구나 조카 정도로 보이는 익숙하지만 자기 맘대로
할 수 있는 것은 별로 없는 사람의 얼굴이었다. 피곤해
보였다. 아르바이트생 너머로 할아버지 둘은 원두커피
를 마시며 테이블 위의 신문을 두드리며 무슨 이야기
인가를 열심히 하고 있었다. 식당 안의 조명은 어둡고
아무도 우리를 제대로 보지 않고 우리는 입 모양으로
안 해요 묻고 아르바이트생은 네…… 지겨운 표정으
로 고개를 돌렸다. 아무도 우리를 다시 보지 않고 우리
는 문을 닫고 나왔다.

　별수없이 식당 옆 가게로 가서 밥을 먹었다. 그곳
은 생선구이집이었다. 파스타집으로 가는 길에 옆집
을 보며 음 정 먹을 데 없으면 저기서 먹어도 되겠네
하고 우리는 아무 생각 없이 말을 했는데 정말로 이곳
에 오게 되었다. 그 옆집은 옛날 과자를 파는 집이었는
데 사람들이 줄을 서서 차례를 기다리고 있었다. 그때
까지만 해도 파스타를 먹고 나와 과자를 사 먹자는 말
을 했는데. 우리는 다른 곳에 갈 힘이 없었고 그냥 여
기로 하자 가까운 데서 먹자 그리고 생선구이집의 문
을 열고 가 자리에 앉았다. 가게 주인은 우리가 메뉴판

을 넘겨도 상다리를 만져도 무언가 거슬리는지 자꾸만 와서 이건 아니라는 듯이 수저통을 다시 옮겨놓고 물병을 그 옆에 두고 컵을 다른 곳으로 옮겼다. 추위에 붉어진 얼굴이 테이블 옆 난로 때문에 가라앉지 않았다. 붉은 볼을 한 우리는 밥을 먹고 나와 들어올 때처럼 움츠러든 채로 숙소로 향했다. 음식이 맛이 없지는 않았는데 우리는 오늘 하루가 눈앞에서 썰리는 것을 보고 있는 기분이었다. 움츠러든 어깨는 욱신거렸다. 길이 익숙해져서인지 돌아가는 길은 처음보다는 짧게 느껴졌다. 원래 우리의 계획은 파스타를 먹고 나와 시내의 상가들을 구경하는 것이었는데. 커피를 마시고 도넛을 먹고 옷을 구경하고 익숙하지 않은 길과 골목들을 걷는 것이었는데. 우습다 재밌다 이거 봐 저거 봐 할 생각이었는데. 숙소로 돌아간다. 시내는 걸어서 이십오 분에서 삼십 분 차를 타면 더 빨라질 거리였지만 우리는 추운 거리를 걷고 또 걸었고 식당에서는 왜인지 거절당하고 다른 곳은 신경질적이었고 눈은 여전했다.

숙소로 돌아와 긴장이 풀리자 자버리자 자다 일어나 맥주나 마시자 그래 그냥 좀 자버리자! 그래그래.

이런 이야기를 하고 옷을 벗고 편한 옷으로 갈아입고 침대에 누웠다. 도형은 나보다 먼저 잠에 들어 흐크- 흐크- 하는 숨소리를 내며 자고 있었다. 그 애는 정말 이불을 덮고 눈을 몇 번 깜박이다 자버렸다. 도형의 콧 구멍에 손가락을 넣었다 뺐는데 고개를 흔들다 다시 자버렸다. 나는 침대에서 빠져나와 방에 비치된 가습 기가 달린 전기 포트에 물을 끓였다. 이런 것이 있다. 이것은 토스터와 함께 있는 커피 메이커만큼 딱 들어 맞지는 않지만 그런 종류였다. 그런 것이……, 또 무어 가 있나 글쎄 잘 모르겠지만 가습기와 함께 있는 포트 는 보고 나니 좋은 것 같아 있을 만해. 포트의 물은 잘 끓지만 가습기에서 나오는 수증기는 희미했다. 작은 구멍에서 작게 가래 끓는 소리를 내며 흰 수증기가 뿜 어져 나오고 있다.

방은 좁지만 길었고 시트는 흰색 테이블과 창틀이 흰색 그 외 많은 것들도 흰색 바닥은 옅은 회색의 카 펫이었고 흰 가운을 입은 나는 침대에 등을 기대 컵에 녹차 티백을 넣고 뜨거운 물을 붓는다. 컵 안의 물은 점점 노란색에 가까워지고 간신히 김을 내뿜고 있는 가습기도 여전히 할 일을 하고 있다. 내 앞의 김은 가늘게 위로 올라가고 가습기에서 나오는 흰 수증기는 좀더 존재감을 드러내며 흰색으로 좀더 오래 남아 그 색으로 존재감을 보여주고 있었고 하지만 그것은 다른 가습기와 비교하면 가습기라고 하기에…… 좀…… 이 방의 건조함을 막는 데 큰 도움이 아니라 작은 도움의 작은 도움의 작은 도움 정도를 줄 정도가 아닌가 하는 생각이 들게 했지만 그래서 자꾸 쳐다보게 하는 것인가. 한 번씩 부글부글 소리를 내며 작은 구멍에서 김을 내뿜고 있었는데 녹차를 홀짝이며 김을 바라보며 창밖을 보면 이웃의 건물이 건물의 창이 아니라 벽이 보이고 그 사이를 눈들이 흩어지는 눈들은 마치 너를 내가 잠들어 있는 도형을 내가 잠든 도형의 꿈을 내가 말하듯이 지켜보듯이 지나가고 있었다. 가습기의 김은 여전하고 나는 컵에 물을 담아 와 가습기 안에 부어주었다. 다시 침대에 등을 기대고 가습기를 바라보았을 때 김 사이에서 닭 세 마리가 나오는 것이 보였다. 닭은 병아리와 닭 사이 크기의 부리도 벼슬도 모두 만화처럼 귀엽고 부드러운 형태로 변한 닭이라고 해야 할지 좀더 병아리에 가깝다고 해야 할지였다. 세 마리는 테이블 위 가습기의 김 사이에서 피어 나와 한 마리씩 테이블 위에 종종종 선다.

훽훽훽 종종종.
훽훽훽 종종종.
훽훽훽 종종종.

테이블 위에서 날개를 저으며 날아와 종종거리며 내 앞에 선다. 첫번째 닭이 가장 닭 같았고 점차 부드러워져 세번째 닭은 병아리에 더 가까워 보였다.

먹으려던 것을 못 먹었지요?
끄덕끄덕.
불쌍해.
불쌍해.
불쌍해.
맞아! 아냐 그런가.
그러면 앞으로 당신들이 먹을 것은
??

1. 초밥

한 판에 스무 피스의 초밥 세트입니다. 하지만 모든 초밥은 계란 초밥입니다. 이 계란은 제가 낳은 거예요. 닭은 엉덩이를 흔들더니 퐁 하고 달걀을 낳았다. 달걀은 곧 사라지고 날개를 몇 번 움직이며 아주 보송보송 부슬부슬 촉촉한 이렇게 두꺼운 계란이 올라간 계란 초밥입니다.

2. 미국 사람이 만든 김치볶음밥.

버터가 이만큼 하고 두번째 닭이 날개를 움직여 이만큼? 이만큼 하고 이만큼이 얼마만큼인지 보여준다. 그리고 베이컨 열두 장과 스팸 한 통을 김치와 같이 볶습니다. 폴란드산 소시지가 완성된 김치볶음밥 위에 토핑처럼 올라갑니다.

3. 맥모닝

맥모닝이라면 굶는다는 뜻일까. 지금부터 굶어 새벽 네시까지 굶는다는 말일까. 주린 배를 한 채 새벽 거리를 헤매다 노란 아치 밑으로 들어간다는 뜻일까. 나와 도형은 고기를 먹으러 가기로 했는데 고기를 엄청나

게 먹고 싶어서라기보다는 지난여름 이곳에 왔을 때
근처 고깃집에 갔는데 그때 왜인지 고기를 많이 못 시
켜 먹고 나왔었는데 그게 가끔 생각이 났던 것이다. 그
럭저럭 맛있었는데 왜 많이 못 시켰지, 그전에 다른 것
을 배부르게 먹었었나. 아니면 돈이 얼마가 나올지 혹
은 뭐 이 정도면 배부른 거 아닌가 모르는 메뉴도 많
고 뭘 더 시켜야 하나 무얼 더? 하다 이 정도면 배부르
니까 하며 나왔기 때문에. 그 고깃집에 가서 이것저것
좀더 시켜 먹어보자 우리는 그런 생각이었다. 원래는
파스타를 먹고 상가를 구경하다 군것질도 하고 초콜
릿이나 커피도 사 먹고 다시 숙소로 돌아와 숙소 근처
의 고깃집으로 가 고기와 맥주를 먹을 생각이었다. 하
지만 그러지 못했지. 나는 도형을 흔들어 깨웠다. 도형
은 화들짝 하고 일어났다가 몇시야 하고 묻더니 대답
도 듣기 전에 다시 스르륵 잠이 들었다.

저기 저는 1번은 먹고 싶다는 생각이 좀 들어요. 아
니 맛있을 거 같아요! 그냥 계란 초밥도 좋아하는데
정말 맛있는 계란 초밥이라면 스무 개도 먹을 수 있을
것 같아. 먹고 싶어요. 2번도 괜찮고 3번은 아쉽지만

아주 싫은 건 아니에요. 그렇지만 우리는 고기를 먹으러 갈 것이에요. 고기! 돼지! 소~ 돼지고기와 돼지의 내장과 소고기와 소의 내장을 먹으러 갈 거예요.

　잠시 아무 말이 없다가 닭들은 킥킥대며 웃었다. 날개도 푸드득거리며 웃었다. 우리가 닭이라고 닭을 먹으러 간다고 말하지 않는 거야? 그런가봐 그런가봐 그런가봐. 닭들은 고개를 갸웃거렸다. 닭들의 머리 위로 물음표가 떠올랐다 사라졌다. 닭을 먹는다고 해도 되는데. 삶은 닭 구운 닭 튀긴 닭 이런저런 닭요리 치킨 삼계탕 닭죽 닭도리탕 닭사시미 양념치킨 간장치킨 후라이드치킨 치킨완탕수프 오야꼬동 깐풍기 라조기 닭바비큐 닭꼬치 치킨커리 치킨수프 치킨커리수프 치킨스테이크 치킨버거 치킨라이스 닭쌀국수 닭만둣국 닭칼국수 닭미역국 그렇게 국물에 닭들을 퐁당 기름에 닭들을 치치칙 탁탁 오븐에 닭을 위잉 하고. 아냐 아냐 닭이 제일 맛있다고 생각해. 그냥 우리가 돼지랑 소를 먹으러 가기로 미리 정한 것뿐이야.

　그렇다면 할 수 없지.

닭들은 몇 번 활개를 치더니 다시

홱홱홱 종종종.
홱홱홱 종종종.
홱홱홱 종종종.

하고 가습기 속으로 들어갔다. 김이 되어. 나는 녹차
를 다 마시고 냉장고의 생수를 꺼내 입을 헹구고 흩날
리는 눈을 창가에 서서 바라보다가 침대로 들어가 누
웠다. 도형아 있잖아 닭들이 나왔어 그런데 돼지고기
먹으러 간다고 했어. 팔을 뻗어 나를 꼭 안아주었다.
이대로 잠이 올까 그런 생각을 했지만 곧 잠이 들어버
렸다.

  그렇게 자고 일어나 아홉시쯤 우리는 고기를 먹으
러 나갈 준비를 했다. 좀더 개운한 얼굴로 화장을 고
치고 머리도 매만지고 옷을 입고 아니 아니 그전에 우
선 물을 끓이고 커피를 마실 준비를 한다. 숙소에서 미
리 놓아둔 녹차와 커피와 레몬차와 아니 그리고 콘수
프도 있다. 끓는 물을 넣으면 콘수프가 되는가본데 물

을 끓이고 콘수프를 끓이면 콘수프의 김 위로 닭들이 고개를 갸웃거리며 무얼 먹니 배부르니 할 것 같다. 우리가 옷을 입고 머리를 매만지고 괜히 텔레비전을 켜보고 할 동안 물은 다 끓고 외출복으로 갈아입은 채로 침대에 어정쩡하게 엉덩이를 붙이고 커피를 마시며 텔레비전을 보다가 핸드폰을 보다가 다 끄고 일어나서 후후 불며 커피를 마신다.

도형아 있잖아 닭들이 나왔어.
닭들이?
닭들이 내가 불쌍하다고 했어.
왜?
그게 점심에 잘 못 먹었다고.
이상한 닭들이네. 좋은 닭들인가?
모르겠네.

조금 남은 커피를 테이블 위에 놓고 우리는 문을 열고 나선다. 눈은 여전히 흩날리고 있었고 눈은 인도에도 쌓여 있었다. 도형은 여행 전부터 고깃집이 어디인지 정확히 기억한다고 했다. 지난번에 묵었던 그 숙소

쪽으로 가서 쭉 가다가 웬 뜬금없이 나오는 볼링장에서 꺾어서…… 나는 들어도 모르니 어어 하고 장갑을 끼고 움츠린 채 여전히 언 도로를 걷는다. 지나는 사람들은 별로 없고 무얼 먹을까 우선 갈비를 시키고 샐러드와 밥을 시킬까 맥주도 마셔야 하고 무얼 먹을까 무얼 먹으면 좋을까 돼지 코고기 돼지 꼬리고기 돼지 턱고기 돼지 이마고기 아냐 아냐 닭고기 닭고기 닭고기! 닭 머릿고기 닭 허리고기 닭 앞다리살 닭 뒷다리살 닭고기 닭고기 닭고기! 닭들이 있는 것처럼 속으로 중얼거려보았다. 아니 왜 닭들 앞에서 닭고기를 먹는다는 아주 맛있게 먹는다는 이야기를 해야 할 것 같은가. 이상한 사람이네 이상한 닭이고 경우네. 왜 닭들은 닭고기를 먹으러 가지 않는다는 말에 그렇게 낄낄대며 웃은 건가 생각해보다가 도형은 어 맞아 이걸 본 것이 기억나 하며 이 골목 저 골목을 들어가고 코가 시렸다.

나는 모든 고기를 생각나는 모든 고기를 불러보았지만 한참을 걸어도 고깃집은 나타나지 않고 소고기 소 코고기 소 뺨고기 소 입술고기 소 인중고기 오리 머릿고기 오리 겨드랑이고기 오리 뒷목고기 오리 옆구리고기 오리 모든 오리고기 말고기와 양고기 토끼

와 타조 고기 헤매는 와중에 몇 개의 다른 고깃집이 보였지만 아냐 우리는 지난번 갔던 그곳에 가야 해 다짐하며 골목을 돌고 또 돌고 만둣집에서 사람들은 열심히 만두를 입에 집어넣고 기름 낀 가게 창으로 온기가 느껴졌다. 만두라도 먹을까. 테이블 위 간장마저 맛있어 보였다. 만둣집을 지나고 또 다른 고깃집을 지나고 빨간 체크무늬 셔츠를 입은 얌전해 보이는 아저씨가 하는 카페를 지나고 아아 도형아 우리 나중에 고기 먹고 나와서 그 나중이 대체 언제가 될지 모르겠지만 고기 먹고 나와서 여기서 커피를 마시자 생선횟집과 카레집과 도시락 가게를 지나고 우리는 왔던 길을 되짚어 다시 가보지만.

우리 나온 지 삼십 분도 넘어가. 어떻게 하지?
저쪽으로 한번 가보자.
나는 아까 본 그 고깃집 가도 돼. (안 돼. 그때 거기에 가야 해.)

나는 자꾸만 도형에게 그 길이 아니라 아예 숙소 쪽에 있었던 것 아닐까, 아예 시작부터 그쪽이 아니라 다른 쪽이 아닐까 우리가 헤매는 쪽이 아니라 아예 반대 큰길에서 반대편이 아닐까 등 거기가 아닌 것 같아 나도 어딘지 모르지만 하는 이야기를 계속하고 초조하고 배가 고픈 우리는 말없이 미끄러지지 않도록 종종거리는 걸음으로 텔레비전에서 봤지 펭귄처럼 걸으면 넘어지지 않는다고 걸으며 가망 없는 길을 걷는다. 그러다 나는 길 한복판에서 누군가 오고 있는 것을 보았다. 누가 봐도 이 동네에서 십 년 이상 사신 듯한 퇴근길의 아저씨였다. 그 아저씨는 두꺼운 내피가 포함된 트렌치코트에 가죽장갑과 서류가방을 들고 걸음을 재촉하고 계셨다.

저기 죄송한데요.

아 네?

이 근처에 이름은 천국인지 극락인지 뭐 그런 이름이었는데 그런 이름의 고깃집이 있지 않았나요?

아 있었지요. 이름이 뭐 극락인가 그랬지. 있었어요.

거기를 가려고 하는데요. 작년에 이 근처에 있었던 것 같은데.

네 확실히 있었는데……

네.

있었지요. 있었는데.

네!

화재가 나서 없어졌어요.

네? 없어졌다고요?

네 지난달에.

아. 그럼 혹시 가게가 다른 데로 옮기지는 않았나요?

옮겼는지는 잘 모르겠고.

그럼 그 자리는 그대로 있나요? 그냥 가보기라도 하고 싶은데요.

음 그 자리에 그냥 그대로 있어요. 새로 뭐가 생기지는 않았고요.

우리는 감사 인사를 하고 복잡한 표정으로 서로를 본다. 못 찾은 이유가 있었구나. 안 나타날 만했어. 내심 도형을 재촉하고 닦달했던 것이 미안해졌다. 하지만 불에 탔다니 왜인지 믿을 수 없는 기분이 되고 믿을 수 없고 정처 없는 마음으로 아저씨가 가리킨 방향으로 발걸음을 옮기다 마침 가게 문을 닫고 계신 아주머니 한 분이 보여 다시 말을 건다.

저기요.

응?

제가 작년에 이 근처에서 천국인지 극락인지 뭐 그런 이름의 고깃집을 갔었는데요. 오늘 오니 눈 때문에 찾기가 힘들어서요. 혹시 어디 있는지 아세요?

고깃집……은 이 길에는 없어요.

네?

고깃집은 없어요. 글쎄 저 너머로는 있지만 그런 이름은 아니었고 고깃집을 이 근처에서 본 적은 한 번도 없는데.

아아. 없구나.

음. 참 그리고 보니 불고깃집은 있었지. 무슨 뭐래더라. 암튼 거기는 저기 역 근처로 이사 갔어요.

그럼 불고깃집이라도 알려주시겠어요?

어. 그러니까. 이 길 끝에서 횡단보도를 건너서 좌회전해서 가다가 경찰서가 보이면 우회전하면 돼. 거기로 옮겼어요.

우리는 다시 감사 인사를 하고 복잡한 표정으로 서로를 본다. 그리로 가볼까? 그 불고깃집 옮겼다는 곳으로? 아니면 불이 났었다는 그곳에? 우리는 결정을 내리지 못하고 갈팡질팡하다가 다시 처음부터 오늘의 숙소에서부터 길을 시작해보자고 정말 이 시점에서는 비장한 결심을 하고 되돌아간다. 이제는 왠지 우스운 기분으로 가벼워진 마음으로 되돌아가다가 어느 길에선가 아마 큰길의 마트였을 것이다. 저기야 저기! 하고 비명처럼 외치며 도형의 팔을 잡아끈다. 저곳이 분명하다. 저 간판. 회색 철판에 붉은색으로 극락이라고 쓰여 있던 것이 기억났다. 도형은 정말이야 하고 나의 뒤를 따르고 우리의 뒤를 누가 봐줄까 계속 내리는 눈이 구름이 가습기의 김이 흰 수증기가 녹차의 커피의 모락모락이 돌봐줄 것이야 하는 생각으로 횡단보도를 건넌다. 아직 가게에 들어가지도 않았는데 내 마음속은 온몸은 의기양양으로 가득했다. 봐봐 맞지 맞지! 흥분된 표정으로 가게로 들어갔다. 도형은 조금은 어색한 표정으로 또 조금은 쑥스러운 표정으로 그렇네 정말 여기네 하고 말했다. 문에서 두번째 자리에 앉아 가방을 놓고 가게 안을 살폈는데 모든 것이 심지어 긴 검은 머리에 흰 얼굴의 통통한 아르바이트 여자애마저 그대로여서 너무나 그대로여서 좀 전의 아저씨가 말한 화재로 타버린 고깃집이 머릿속에 맴돌면서 왠지 꿈 같았다 모든 것이. 그리고 우리는 고기를 주문했고 먹었다. 이런저런 것들을 시켜서 맛있게 먹었다.

밥과 야채
맥주
갈비 2인분
막창 2인분
로스 1인분
무언지 까먹은 고기 1인분
간 1인분

우리는 갈비와 밥과 야채와 맥주를 먼저 시켰고 그 다음에는 막창과 다른 고기들을 차례로 시켰다. 모두 맛있었지만 로스가 가장 맛있었다. 로스는 큰 고기를 먹기 좋게 자른 후 위에 소금을 뿌린 후 접시에 담겨져 왔다. 화로의 연기는 기름이 떨어지면 치익 하고 올랐다. 기름과 장을 뿌린 양배추를 먹으며 밥 위에 핏물이 보이는 고기를 올려놓고 먹으며 그 아저씨는 어째서 드라마처럼 쓸쓸한 눈으로 화재로 그 가게는 없어졌다고 말한 것일까 생각했다. 주인에게 눈이 와서 어디가 어디인지 헷갈려서 한참 헤맸는데요, 지나가다 만난 어떤 아저씨께 이 가게 위치를 물었더니 불타서 없어졌다고 했어요라고 말하면 작년에도 오늘도 무뚝뚝한 표정으로 말없이 고기를 내어주는 저 주인은 무어라고 대답할까. 1. 재밌는 이야기네요 하며 같이 웃는다. 2. 무표정으로 아무 반응 없이 아 그래요 한다. 3. 아저씨와 이 식당은 연기가 되어 사라지고 나와 도형은 눈이 내리는 길가에서 음식물 쓰레기를 껴안은 채로 전봇대 밑에서 잠에서 깨어난다.

맥주를 마시며 많은 고기들을 넘기고 씹고 넘기고 다시 맥주를 마시며 이야기를 하고 혹은 정말로 불에 타 없어진 고깃집이 근처에 있을지도 모르지 비슷한 거의 비슷한 이름의 고깃집이 하고 생각하다가 다시 또 고기를 먹는다. 고기는 정말 맛있다. 맛있다 맛있다 말하며 열심히 먹는다. 텔레비전에서는 미국의 러시아의 일본의 피겨스케이팅 선수들이 경기를 하고 있었다. 보는 사람은 없었지만 모두 열심히 하고 있었다. 고기는 처음에는 허겁지겁 굽는 대로 먹었고 중간쯤 지나자 천천히 씹으며 이야기도 하고 핸드폰 카메

라로 사진도 찍으며 먹었다. 눈은 내리다 말다 하고 눈 내리는 거리를 생각하며 어딘가 있을 두 개의 가게를 생각한다. 정말로 화재로 타버렸을 고깃집과 저 너머로 이전한 불고깃집을 생각하고 왜인지 자신도 모르게 거짓말을 해버린 중년 남자를 생각하고 무슨 말인가를 지어낸 동네 주민을 생각하고 우리는 어디서 만나나 이전에 만난 그 길 위에서 만나는 것인가. 얼른 먹어 타고 있어. 우리는 아주 많이 먹었다.

잘 먹었다고 인사를 하고 계산을 하고 나오자 왠지 피곤해져 아까 지나가다 본 그 카페는 문을 닫았겠지 편의점에나 들렀다 가자 생각하며 걸었다. 계산을 하러 가게 주인과 마주했던 순간 왠지 제가 이곳을 못 찾아서요 헤매다가요 하고 주절주절 말하고 싶은 마음이 들기도 했지만 아무 말도 안 하고 싶은 나는 무슨 이야기인가를 아주 많고 많은 이야기 커다란 이야기들을 그냥 마음에 품고 있고 당신은 그것을 내 이야기를 알아도 모르고 몰라도 압니다 하는 마음이 들고 나는 돈을 내밀고 아무 말도 하지 않고 돌아선다. 도형은 편의점 앞에서 담배를 피우고 도형이 피우던 담배를 한 모금 나눠 피우고 왜 어디로 가는 것일까 그리고 어디로 가는 것일까 나는 종종 생각해 그곳이 어디 있는지 혼자서 문장들은 꼬리를 이으며 쫓아가고 그러다 입 밖으로 뛰쳐나와 나는 종종 하고 말하다 멈춘다. 도형은 응? 하고 묻고 나는 아냐 아냐 그냥 종종 이라는 말이 나왔어 말하고 우리는 생수와 커피를 사러 편의점 안으로 들어간다. 돌아가는 길은 배불러서인지 짧고 쉬웠다. 눈은 흩날리고 이 눈은 숙소 안에서 녹차를 마시며 창밖을 바라보던 눈 건물 사이를 지나며 너를 보고 있어 침대 위의 도형을 침대 위의 도형의 꿈을 너를 너가 보는 입김과 흰 수증기와 소리와 말을 하고 메아리처럼 울리던 눈. 밤의 거리는 눈과 찬 바람이 채우고 있었다. 바람과 눈은 숙소에서 보던 눈보다 멀리 가고 있었고 우리는 앞의 앞의 앞의 전의 전의 전의 먼 곳의 먼 곳의 먼 곳의 아주 먼 옛날의 눈을 따라가고 있어 많은 사람들을 멀리 있는 사람들 이미 떠난 사람들을 따라서 지나서 가고 있어 말하는 듯했다. 배가 부르면 모든 것이 좋은가? 왠지 다 괜찮고 나는 먼 길을 떠날 수 있을 것 같은 기분이 들었고 나는 웃으며 숙소로 발길을 옮겼다. 도형은 기분 좋아 보이네 말하고 나는 어! 말하고 맛있었다 그지 둘은 말하고 그래그래 말하고 웃으며 숙소에 도착했다. 옷을 벗어 옷걸이에 걸고 옷 주변에는 머리카락과 소매에는 고기 냄새가 떠돌고 클렌징 티슈로 대충 얼굴을 닦고 생수병의 물을 마시고 다시 물을 포트에 끓이고 어쩌면 더 많은 사람들을 만났을 것이라는 생각이 들었다. 자판기 앞에서 담배를 피우고 있던 이십대 후반의 남자는 카페에서 방금 계산을 하고 나온 여자들은 무슨 말을 했을까 그 사람들은 어쩌면 제대로 된 설명을 해주었을 것이다. 혹은 우리를 영영 돌아오기 힘든 곳으로 보냈을지도 몰랐다. 컵에 물을 따르고 녹차 티백을 넣고 따뜻한 김을 얼굴에 대고 다시 가습기에도 물을 따르고 김이 피어오르기를 기다렸다.

돼지 냄새가 나. 불냄새가 난다고.

세 마리의 닭은 여기저기 날아다니며 내 머리카락과 소매의 냄새를 맡았다. 소매를 부리로 콕콕 쪼았다. 어떻게 날아다닐 수 있는 걸까? 김에서 나와서 가벼운 걸까?

그래도 낮에는 먹으려던 것을 못 먹었지?

끄덕끄덕.

불쌍해.

불쌍,

아냐 배부르니까!

너는 이제 나를 다시는 못 본다.

왜? 아냐. 그래. 응……

봐도 나를 누군지 몰라.

계란 초밥은? 어떻게 먹지?

그것은 다른 사람이 먹었다. 기회가 갔어. 너가 먹을 수도 있겠지 나중에.

가장 닭 같은 닭이 말하고 나머지 두 마리 닭은 고개를 끄덕끄덕하고 있었고 셋은 어느샌가 독수리처럼 날아가버렸다. 놀라울 정도로 빠른 날갯짓으로. 고깃집이 화재로 불에 탔다고 말한 트렌치코트를 잘 차려입은 아저씨는 재가 가득한 폐허에 앉아 그을린 화로에 손을 올리고 고기가 오기를 기다리고 있고 아저씨의 등 뒤에서 김이 서린 병맥주와 잔이 나오고 있었다. 그걸 가져오는 사람은…… 그다음의 아줌마는 역 근

처 불고깃집에서 고기를 먹고 계란찜을 먹고 술이 아
닌 콜라를 마시고 있다. 사람들과 어울려 웃고 떠들며
취한 사람처럼 취할 리 없는데 취한 사람처럼 붉은 얼
굴로 노래 부르고 있었다. 어느새 씻고 나온 도형의 뒤
로 뜨거운 기운이 훅 끼쳐왔다. 씻어야지 씻어야지 생
각하며 옷을 벗고 화장실로 들어가려다 다시 침대에
눕고 폐허로 사라진 고깃집은요…… 어떤 가게였냐면
요…… 누군가 말하고 있었고 그 가게는 어딘가에 있
었고 거짓말이라고 해도 있었다. 맨몸으로 수건을 챙
겨 화장실로 가 욕실에 물을 채우고 얼굴을 씻고 비누
로 손을 씻고 몸도 씻고 샤워기로 거울을 닦고 고기
를 먹으러 가는 길은 멀고 험해서 수많은 사람들을 만
납니다. 잡은 손을 놓지 않고 옆 사람을 많이 좋아하
고 믿으며 서로를 잘 돌보겠다는 마음으로 잘 헤쳐나
가야 합니다. 질 좋은 계란으로 오랜 경력과 기술과 성
실함과 좋은 마음을 가진 사람이 만든 윤기 나는 계란
초밥은 어느 테이블에서 누가 웃으며 먹고 있습니까.
나와 도형은 흩어지는 눈을 보며 모든 먹는 사람들을
빤히 보았다. 고기를 먹으러 가는 길에는 많은 먹는 것
을 파는 가게가 있었고 우리는 춥고 어두운 길을 걸었

다. 윤기가 흐르는 만두는 맛이 있을 거야. 커피잔 위
의 김은 참새가 나올지도 몰랐고 참새는 더 시끄럽게
재재재재거린다. 아무것도 나오지 않아도 오래된 테이
블 위의 커피잔은 어쩐지 내가 시킨 것 같기도 했는데.
모든 고기 먹으러 가는 길은 어떤 사람을 만날지 누구
의 말을 듣게 될지 모릅니다. 하지만 정신을 바짝 차리
고 모든 이야기에 귀를 기울인다고 고깃집을 쉽게 찾
고 맛있는 고기를 금방 먹게 될까요? 고기를 먹는 일
이 쉬운 일일까요? 맛있는 것을 배부르게 먹는 것은
언제 가능한 일일까요?

　욕조에 몸을 넣고 불에 탄 식당은 영업을 마친 새벽
에 누전으로 불이 났지만 아무도 다치지 않았고 영업
과 수익에 손실은 있었지만 보험회사의 발 빠른 대처
로 곧 새롭게 공사를 시작하거나 근처 적당한 매물이
나와 이전을 했을 것이라는 생각을 했다. 기계적으로
샤워 타월로 몸을 문지르며 그 가게의 이름은 극락이
아니라 극락처럼 두 글자인데 뭐라고 뭐라고 뭐였을
까 뭐라고 하면 좋을까. 고기를 먹으러 가는 길이 험하
고 두렵다 해도 고기는 맛있지요? 그 길은 완전히 험

하지만은 않습니다. 때로는 쉽게 찾을 수 있고 가끔 눈이 와서 헷갈리더라도 또 길모퉁이에서 길을 물어본 사람이 쓰레기를 버리러 가느라 바쁘다며 지나쳐갈 때도 생기겠지만 그래도 소금 뿌려진 고기는 모두를 기다립니다. 나는 여기저기 꼼꼼히 씻고 잘 세탁된 수건으로 몸을 닦고 미리 욕실에 놓아둔 보디로션을 꼼꼼히 바르고 나왔다. 테이블 위 스킨과 에센스 크림을 잘 두드려 바르고 의자에 걸어둔 가운을 입고 침대에 누워 있는 도형에게로 갔다. 도형아 놀라지 마 길을 물어본 사람이 그 식당이 화재로 없어졌다고 해도 나 역시 여행자이고 이곳이 처음이라고 해도 그 사람이 영어로 대답을 하고 손가락으로 머리 옆에 작은 원을 계속 그려도 그것은 모두 어디선가 그럴 법한 일이야. 도형은 이불을 들어주었고 나는 고운 몸짓으로 가 누웠다. 누가 내 계란 초밥을 먹은 것일까 어디로 가야 계란 초밥을 다시 먹을 수 있을까. 내 친구들 귀여운 닭들이 어디에 갔다고 어디서 자갈을 쪼고 있고 엉덩이를 흔들고 있는지 아무도 모르고 누가 말해주나요 그래그래 고개를 끄덕이며 눈을 감았는데 도형이 물 마셔 했다. 물을 마시니까 물을 마시는 것은 좋다는 것을 다시 알았다. 물을 마시는 것은 좋았다. 고기는 맛있는 것처럼. 그래 고기는 맛있지.

그날 금이 했던 말 중 하나는 정확하게 기억하고 있다. 왜냐면 기록해두었기 때문이다.

"사는 게 너무 피곤하고 귀찮고 아무것도 하기 싫어요."

나는 이 말이 끊어지지 않고 한 번에 입에서 술술 나오는 것을 듣자 그게 뭔가 리듬감 있고 대사 같다고 해야 할까 아무튼 조금 전문적으로 들려서 잠깐만요 잠깐 써둘게요라고 말하고 메모해두었다. 그 외에 우리는 그런 이야기를 했는데 늘 진심으로 말하지만 늘

하지 않고 할 수 없다고 생각하는 것들. 하와이에 가야겠네요. 역시 하와이죠. 먼지가 요새 너무 심해서 목이 아파요, 그렇다면 역시 하와이죠. 일본도 요즘은 이전보다 수치가 높아졌대요. 하와이에 가서 뭐 하지 그럼 한식당에서 일해야 하나 한식당을 차려야 하나. 돌솥비빔밥집 열어야 할 것 같아요. 왠지 잘될 것 같은데. 그럼 돌솥을 들고 가야 하잖아요. 아 그게 문제네. 커피를 좀 마시다가, 근데 하와이에 가려고 마음먹었는데 돌솥 같은 게 문제겠어요. 한숨을 쉬다가 그건 그래요. 저는 사실 뭐 공부를 아주 열심히 하거나 일에 엄청 열의를 가지거나 그런 것은 아니어도 그래도 그런 걸 막 귀찮아하지는 않았거든요? 그러니까 친구들한테 연락 오면 문자 보내고 전화하고 그런 거요. 메일 답장하고 그런 거는 안 미루고 했었는데 요즘은 그것도 미루게 돼요. 사는 게 너무 피곤하고 귀찮고 아무것도 하기 싫어요. 아니 무슨 쉬지 않고 그런 말을 무슨 말인지 알겠는데 잠깐만요 이거 조금 웃겨서 잠깐 메모 좀 해둘게요.

내가 웃으며 메모할 동안 아주 잠깐 보았던 금의 피곤한 얼굴이 시간이 지날수록 엄청나게 괴롭고 쭈그러진 얼굴로 변해 떠올랐다가 사라졌다.

"저는 정말 개가 되고 싶어요."
"개를 키우고 싶어요."

이 이야기는 메모하지 않았다. 저는 개가 되고 싶은 건 아닌 거 같아요. 뭐가 되고 싶은 건 아니고 그냥 상황이 이러거나 저러거나 그랬으면 좋겠어요. 개가 되고 싶다 아니다 되고 싶지는 않고 사람인 게 좋다 뭐여서 좋다 그런 문제라기보다는요.

금을 다시 만난 것은 일 년 뒤의 일로 서로 바빴던 데다가 내가 회사를 그만두고 내친김에 캐나다로 어학연수를 육 개월간 갔다 왔기 때문이었다. 그때의 나는 무슨 돈이 있었던 것일까 퇴직금에 얼마 되지 않는 모은 돈을 들고 나갔었다. 전세 보증금을 건드리지 않은 것이 장한 일이었으나 어째서 영어로 딱히 뭔가를 할 생각이 없었으면서도 그런 결정을 한 것일까? 잘 지내다 왔기 때문에 큰 후회는 없지만 멀리서 삼사십 년 후의 내가 나를 찾아와 얘 너 정말 후회는 없니 그게 정말 그렇게 말할 수 있는 일일까 하는 장면이 잊을 만하면 떠올라 나를 괴롭혔다. 아주 가끔은 삼십 년 후의 나는 그래그래 이후 너는 아주 바쁘고 할 일이 많은 삶을 살게 된단다 그때라도 쉬어서 아주 잘했어라고 하기도 하지만 그건 정말 내가 애쓰고 애쓴 그림이었고 그런 생각을 하다보면 어김없이 등장하는 것은 회사를 관두지 않은 나인데 회사를 관두지 않고 버틴 나는 지친 얼굴로 삼 년 전의 나를 꾸짖으며 회사가 그 난리가 나서 모두가 관둘 때 버틴 것은 너의 잘못이지 할말이 없다 정말. 네가 어떻게 되는지 알려줄까? 결국 너는 한 일 년 더 버티다 관두게 된다고. 좀더 일찍 관두고 선배가 오라는 곳에 갔으면 아니 그냥 관뒀어야지 어디를 가든가 말든가 그런 생각 말고 거기는 아니었는데 진작 관뒀어야지 하고 따지러 오는데 그때의 나는 셋 중에서 가장 유능해 보였다. 뭔가 내가 아닌 것 같아.

실제의 나는 어떤 곤란한 생각이든 떠오르면 잊으려고 고개를 저으며 뭔가 입에 넣을 것을 만드는 사람이었다. 만드느라 손을 쓰면 조금 잊게 되지 그걸 입에 넣으면 더 빨리 잊게 되지. 마늘을 다지고 파를 잘

게 썰고 간장과 미림과 설탕을 넣고 생강도 약간 넣고 고기를 플라스틱 통에 넣어서 냉장고에 두었다. 냄비에 멸치육수를 우리면서 그래서 뭘 하지 된장찌개도 할 수 있고 김치찌개도 할 수 있는데 뭘 하며 정신없이 순서에 맞게 빨리빨리 뭔가를 해내가며 잠깐 다른 생각을 할까.

금은 동네 공원으로 나를 불렀다. 입구의 표지판 앞에 금이 개 한 마리와 함께 서 있었다.

— 오랜만이에요.
— 그죠.
— 웬 개예요? 개 좋아하더니 결국 기르게 된 거예요?
— 예.

금은 좀 걷자며 개를 데리고 공원 안쪽으로 나를 안내했다. 농구대를 바라보고 있는 돌로 된 넓은 계단이라고 해야 하나 운동하는 사람들의 물병과 벗어둔 옷이 있는 자리 아래에 있는 벤치에 우리는 앉았다. 제가 개가 되고 싶다는 생각은 꾸준히 그러니까 어린 시절부터 했었는데요. 혹시 94년에 무슨 일이 있었는지 기억나세요? 네 기억해요. 기억하세요? 네. 무슨 일이 있었는데요?

　　—94년도면 제가 열 살 때인데요. 그때 이사를 갔거든요. 그래서 이사를 간 해라 이사 전후가 그럭저럭 잘 떠오르고요. 이사를 간 해를 중심으로 그전 해 그다음 해 한동안 그런 식으로 기억을 분할했거든요. 그러니까 이사가 당시에 제 인생에서 엄청 큰 사건이었던 거죠. 그래서 이사 간 해 그다음 해 이곳에 살게 된 지 몇 년 된 해 이런 식으로 시간을 분명하게 딱딱 분할해서 기억하게 되었던 거죠. 그리고 그해는 여름이 기억나요. 굉장히 더웠었고 그게 습기도 많았는데 그것보다는 해가 쨍쨍해서 뭔가 더운 나라처럼 길가에 빛과 그림자가 선명하게 구분되었던 것이 기억나요. 어릴 때는 태양이나 햇볕 바람 비 이런 것이 실제로 새로울 수밖에 없잖아요. 뭔가 책에서 읽고 영화에서 보며 배울 수도 있지만 열 살이면 실제로 읽거나 본 것도 적으니까 골목에 선명하게 선이 그어지듯이 그림

자가 생긴 게 강렬했어요. 여름 노래들이 오랫동안 인기 있었고 또 그때 아래층엔가 대학생 언니가 살아서 그 언니가 다 본 잡지나 화보 같은 걸 자주 집 앞에 버렸었거든요. 그래서 어릴 때 그걸 보면서 아 어른이 되면 이렇게 예쁜 걸 입게 되겠지 나도 예쁜 옷들 입어야겠다 그런 생각을 했었어요. 다른 사람들이 어떤 옷을 입는지 눈여겨보기 시작한 해라고 해야 하나.

개는 얌전히 금의 옆에 앉아 있었다. 여름의 이야기를 시작하자 멀리서 여름의 냄새가 햇볕에 잘 말린 흰 천의 냄새가 컵에 맺힌 물방울의 표면이 떠올랐다. 개는 금색이라고 해야 할까 베이지와 노란색이 섞인 색을 하고 마치 우리의 이야기를 듣고 있다는 듯이 조용히 앉아 있었다. 그러고 보니 얼마 전까지 쌀쌀했던 날씨는 지난주의 어느 날인가 하루를 기점으로 사라져 오늘은 최고기온이 이십오 도라고 했어 여름이 오고 있었다. 개의 머리에 손을 대고 느리게 쓰다듬고 있자 금이 천천히 말을 하기 시작했다. 개는 내가 쓰다듬어도 아무런 반응도 없었고 처음처럼 가만히 앉아 있기만 했다. 어른스러운 개였다.

—그때, 개가 되고 싶다고 말을 해서요. 그때 우리 만났었잖아요. 회사 근처에서 만나서 쌀국수 먹고 일 이야기도 조금 하고 그랬었잖아요. 그때 제가 개가 되고 싶다고 그런 말을 해서요. 개가……되는 것으로 되었어요. 94년도에 제가 개와 함께 있었거든요. 어릴 때죠. 아니 함께 있었다기보다 저희 집에서 개를 키운 건데. 그때도 개가 되고 싶다고 말을 했어요. 사실 어릴 때부터 계속 개가 너무 좋아서 뭔가 개가 되고 싶다는 생각을 계속하기는 했었거든요. 근데 그 이전까지는 개가 되고 싶다고 생각만 했지 실제로 그걸 입 밖으로 내지는 않았거든요. 근데 94년 4월 13일에 제가 개와 놀다가 그 개 이름은 노디였는데요 노디랑 놀다가 개가 되고 싶어라고 말을 했는데 노디가 그러자 하고 말을 하는 거예요. 그러고 나서 금이 개가 되고 노디 그러니까 제가 금이 되어서 이십 년 넘게 살고 있었는데요.

금이 뭔가 할말이 있어서 불렀다는 생각은 했다. 아니라면 단둘이 만날 이유는 딱히 없었을 것이다. 물론 그럭저럭 좋은 사이이고 어색한 것은 아니지만 우

46

리는 보통의 경우라면 친구들과 함께 만났고 뭐랄까 크게 용건이 없는 이상은 아니면 뭐 회사 근처에 금이 들렸거나 그런 일이 아니고서야 둘이 만날 일은 거의 없었기 때문에 물론 공원이라는 장소가 좀 의외라고 생각은 했다. 보통이라면 카페겠지. 커피도 없이 대낮에 공원에서 무슨 일로 부른 것일까 좀 이상하다는 생각을 했지만 왜 이런 이야기를 들어야 하는 것일까 안 그래도 속이 복잡한데. 하지만 뭐랄까 94년이라는 시간 꼭 94년이 아니라도 좋을지 모르겠지만 어떤 시간을 점찍어두고 의식적으로 그곳으로 거슬러 가보는 것은 정말 오랜만이라는 생각이 들었다. 그 감각이 신선하기는 했다. 여러 가지 기분과 감정이 떠올랐고 한편으로는 백 퍼센트 감정적인 일만은 아니었다. 신문에서 본 타이포로 머리에 박힌 사건들 숫자와 사람들의 이름 같은 것이 아무런 감정 없이 줄줄 기억이 났다. 보통 한두 달 전의 일도 막상 기억하려고 들면 정확히 기억나지 않았는데 이십여 년 전이라니 정말 어릴 때의 일이기 때문인지 이사를 갔던 해이기 때문인지 그해만은 선명하게 떠오르는 기억들이 있었다. 오랜만에 기분 좋게 머리를 쓰는 기분이 들었다.

나는 햇빛이 강렬하게 들어오는 창가에 앉아 선생님의 목소리가 순간 들리지 않고 내가 먼 곳으로 여름 노래가 들리고 얼마 전 화보에서 본 커다란 나무 테이블이 놓인 바닷가로 가는 모습이 그려졌다.

—그런데 왜 이름이 노디인 거예요?

—그게 중요한 게 아니고. 그러니까 그건 금이 붙인 건데 아마 만화에 나오는 사람 이름일 거예요.

—그럼 당신은 개였는데 금의 몸속으로 들어가고 금은 뭐가 되었다는 거예요?

—금이 노디가 된 거죠 개가.

—그럼 그러다가 죽은 거예요?

—그런 거죠.

—말 한마디 잘못해서?

—개로 사는 게 벌은 아니잖아요.

얼른 친구들에게 연락을 하고 싶어졌는데 너네 혹시 금이랑 요즘 연락한 적 있니? 좀 이상해지지 않았니? 싶다가 공원에는 멀리지만 다른 사람들도 있고 혹시라도 무슨 일이 생기면 바로 소리를 지르면 되고 크게 위험한 상황이 되지는 않겠지 생각하며 일단은 가만히 있었다. 나는 또 다른 생각을 했는데 금이 왜인지 이러다 나에게 뭔가를 제안하는 게 아닐까. 이상한 이야기에 대한 반응을 보고 뭔가를 하자고 하는 게 아닐까 그러니까 사업을 하자고. 투자를 하라고. 괜찮은 프로젝트라고. 금이 개가 되었다고 해도 걱정이고 사업을 하자고 해도 걱정이고 어느 쪽이든 이 사람 지금 뭔가 좀 안 되겠다 싶다가 왠지 마음이 기우는 쪽은 개가 된 금이라는 생각도 들었다. 누구를 한 명 골라야 한다고 하면 개 쪽. 암튼 그거 하자고 하면 같이 해야 할까 돈이 조금 되고 이상한 일일 것 같다고 생각하다가 고작 일 년 만에 만난 것인데도 이야기가 이어지지 않고 역시 친구들은 자주 만나야 하는구나 하는 생각을 했다. 아무리 가까운 친구였어도 물론 금이 그 정도로 가깝지도 않았지만 일이 년 만에 만나니 무언가 대화가 튕겨져 나가고 있었다. 이제 누가 오랜만에 보자고 해도 뭐 일 년 정도가 그렇게 오랜만은 아니지만 내키지 않으면 나가지 말아야겠어 다짐했다.

—그런데 개가 금이 되었든 누가 뭐가 되었든 암튼

그게 그 부모님이나 가족이나 자신에게는 중요하지만 저는 사실 뭐냐 이야기대로 하자면. 뭐가 된 이후로 그러니까 변한 이후로 만난 거잖아요. 아마 다른 사람들 친구들도 다 그렇겠죠? 그러니까 너가 원래는 개였다고 한들 나는 바뀌진 이후로 만난 거잖아. 안 그래?

　—그래서 말인데 94년의 노디는 그러니까 노디가 된 금은 이후로 십삼 년을 더 살고 꽤 장수했지요. 죽었는데요. 개가 되고 싶다고 말을 하면 다시 개가 돼야 해요. 저는 다시 개가 되고 싶지 않았기 때문에 그런 말을 하지 않았거든요.

　오른쪽에 조용히 앉아 있던 밝은 금색의 개는 내 무릎 위로 올라와 엎드렸다.

　—아까 이야기에서 노디가 죽고 금이 그렇게 죽었다고 저는 이해했어요.
　—저도 그런 줄 알았는데.

　내 무릎에 고개를 묻은 개가 금과 흡사하지만 허스키한 목소리로 이야기하기 시작했다.

—그러지 않았고 저는 다시 개가 되어 살고 있습니다. 제가 다시 사람이 되려면 노디가 개가 되고 싶다고 말해야 하는데요. 그런데 일 년 전 당신과 만나서 이야기를 할 때 개가 되고 싶다고 말을 한 거예요.

　개가 되는 것도 괜찮지 않을까 잠깐 그런 생각이 들었는데 사람들을 믿을 수는 없지만 일 년 정도만 꼭 약속을 하고 방법은 알 수 없지만 잠깐 개가 되는 것도 괜찮지 않을까. 그런 생각을 하게 된 것은 이 개가 잘 정리된 털에 고소한 냄새가 나고 발톱도 깨끗했기 때문이었다. 하지만 이 말을 입 밖에 내어선 안 되었다. 그냥 개 앞에서는 그런 말을 하면 안 되는 것 같다고 방금 들은 이야기 때문만이 아니라 그냥 안 좋은 것 같다는 생각이 들었다.
　이런 이상한 이야기는 일단 의심하게 되지만 그렇지만 이 이야기에는 뭔가 교훈이 있다. 그것은 내가 평소에 가지고 있던 믿음과 같았다. 입 밖에 내뱉은 말에는 아무튼 간에 뭔가 힘이 있긴 있다는 것이다. 그 말은 항상은 아니겠지만 어떤 순간에 힘을 발휘하게 된다는 것이다. 개의 눈을 바라보고 아이의 눈을 바라보고 상대의 눈을 바라보고 무언가를 말하는 것은 거기서 뭔가가 변해버릴지 모른다는 것을 각오하는 일일지도 몰랐다.

그해 나는 이사를 가면서 친했던 교회 친구에게 이니셜이 새겨진 반지를 편지와 함께 부쳤다. 그 친구와는 이제 연락을 하지 않고 어떻게 지내는지도 모르지만 어쩌면 회사를 다니고 있겠지? 아니면 공부를 하거나 결혼을 해서 아이가 있을 수도 있을 것이고 아무것도 안 하고 있을 수도 있다. 개가 말을 하는 것에는 조금 놀라기는 했지만 나중에 친구들을 만나 금 이야기가 나오면 어떻게 대처를 해야 할까. 이야기는 이야기대로 이상하고 94년을 되짚어보는 것은 그 나름의 길을 가고 있었고 그 와중에 나는 조금 피곤하고 귀찮아져서 애초에 개인지 누군지 알 수 없지만 공원으로 나오자고 한 것에 슬슬 짜증이 나기 시작했다.

—그래서 이어서 계속 말을 하자면, 그러니까 내가 개가 되고 싶다고 말을 했기 때문에 여전히 개의 몸에 살고 있는 금과 내가 서로 바꿔야 하는데 나는 아무래도 개가 되고 싶다는 말을 한 기억이 없단 말이야.

—기억이 없는 거야 아니면 기억하고 싶지 않은 거야?

—저기 그렇게 쉽게 말할 수도 있겠지만.

—그래서 나한테 물어보러 온 거야? 내가 들었다고 하면 개가 되는 거고 안 들었다고 하면 안 되는 거야?

—아니 개가 되고 싶다고 말을 한 것은 분명해. 나는 금으로 오랫동안 살아온 노디가 그때 너와 함께 있었을 때 개가 되고 싶다고 말한 것을 분명히 차근차근 알려주려고 하는 거야. 그리고 금은 그때 개로 돌아가도 상관없는 거야. 충분히 이해한 후에 말야.

이제 개도 말을 길게 했다. 금은 지난번보다는 덜 피곤해 보였지만 여전히 피곤한 표정에 지루한 얼굴이었다. 그 안에 들어 있는 것이 개라고 해도 나는 개가 안에 들어 있는 금밖에 알지를 못하니 어쩔 수 없었다.

—내 생각엔 말야 일단 나는 집에 가서 그날 일을 천천히 생각해볼게. 그런데 내가 궁금한 건 아니 그럼 94년에 어떤 일이 일어났었는지 그건 둘 다 정확히 기억하고 있어? 그때 아무 일도 일어나지 않았을 수도

있잖아. 나는 나대로 뭐 그때 만났던 걸 기억해볼 수는 있겠지. 근데 내 생각엔 94년도에 아무 일도 안 일어났을 수도 있을 것 같아.

　—개가 말하는 건 어떻게 생각해?

　—개가 말하는 것 같지 않고 너가 목소리를 바꾸는 거 같은데?

　나는 개를 들어올려 바닥에 내려놓고 일어섰다. 그러고 보니 금에게는 장난칠 때 빼고는 늘 존댓말을 썼는데 우리는 서로 존대하는 사이였는데 나는 그냥 어디선가 다른 선으로 다른 선이 가리키는 방향으로 가고 있다는 생각이 들었다. 그런 생각은 보통 착각이겠지? 나는 변하는 것이 별로 없고 우리는 그저 오랜만에 만난 것뿐이고 금은 우울한 것 같았다. 우울하고 우울해서 이런 이야기를 하는 것 같았다. 다시 연락할게요, 웃으며 말하고 손을 흔들고 나왔다. 금은 아무 말 없이 개와 함께 벤치에 앉아 있었다. 뒤를 돌아보았을 때 금의 굽은 등 옆으로 똑바로 앉은 개가 보였고 개가 더 자세가 바르네라는 생각이 들자 금이 더욱 우울해 보이기만 했다. 친구들에게 연락을 해볼까 싶다가 이 감정 이런 시간을 어떻게 다뤄야 할까 아직 그걸 모르겠다. 웃으며 재미있는 이야기를 하듯이 나라면 그렇게 이야기해버릴 가능성이 가장 높지만 그러고 나면 집에 돌아오는 길에 후회가 밀려들 것이다. 진지하게 상담을 하듯이 말을 하려 해도 이 이야기를 그렇게 받아들여줄 사람은 없을 것이다. 어쩔 수 없고 일기를 써야겠다고 생각했고 이전 일기를 어쩌면 그날의 일기가 있을지도 모르니 찾아봐야겠다고 생각했다. 그날은 집으로 돌아가 씻지도 않고 잠이 들었다. 새벽이 돼서 잠시 잠에서 깼지만 곧 다시 잠들었다.

94년 어느 하루 금은 마당에서 개와 놀다가 개는 담요를 끌고 개집으로 들어가 잠을 자고 금은 만화를 보러 집으로 돌아간다. 금은 손을 씻고 밥을 먹으며 텔레비전을 틀어 만화를 보고 오늘은 뭔가 다른 것 같아 그런 생각을 했다. 94년의 어느 하루를 6월 28일을 자세히 기억해낼 수 있을까. 금은 오늘 골목에서 키가 크고 파마머리를 한 까무잡잡한 얼굴의 여자를 만났다. 여자는 금의 얼굴을 바라보며 이십오 년 후 누군가 너를 찾아와 94년 오늘 너는 무엇을 했는지 물으러 온다구 너는 그때 대답할 수 있을까? 어때? 금은 눈을 깜박이고. 암튼 꼭 온다구 그러니까 잘 생각해봐. 오늘 뭐 했는지 말야. 그 여자는 장난치는 듯한 눈을 하고 있었다. 팔짱을 끼고 있었는데 손목에 무슨 주머니 같은 것을 걸고 있었고 작은 가죽 핸드백을 어깨에 메고 있었다. 눈 아래에 작고 까만 점이 있었다. 그 질문 때문일까 오늘이 뭔가 다르다고 생각하는 이유는 저녁을 먹어 졸린 금은 그런 생각을 하다가 잠이 들었다.

여자는 골목을 지나 마치 살고 있는 집으로 들어가는 것처럼 익숙하게 갈색 삼층 건물 안으로 들어갔다. 주머니 안에는 방금 사 온 이것저것들 빵과 커피와 작은 칼과 부채가 있었다. 주머니를 소파에 내려놓고 핸드백을 몸 가운데로 하고 소파에 털썩 앉았다. 암튼 그 애는 뭔가 잘 기억을 못할 것 같아. 내 이야기를 듣는 눈이 멍하고 아무 생각이 없어 보였어. 걱정이네 중얼거리다가 사온 빵을 먹으며 텔레비전을 켰다.

94년도에 이사를 간 것이 내게 어떤 영향을 미친 것일까 오랜만에 생각해보았다. 이사를 간 이후로 몇 년

간 나는 줄곧 그 생각만을 했다. 이사를 가지 않고 그곳에서 계속 사는 사람들은 얼마나 좋을까, 행복할까 지금이라면 꼭 그렇게 생각하지 않겠지만 그때는 그 생각만을 하고 또 했다. 그립다는 생각 돌아가고 싶다는 생각 하나하나 다 기억하고 싶다는 생각. 글쎄 지금이라도 원치 않게 아니 원해서 외국으로 먼 곳으로 기약 없이 간다면 그리움에 그런 생각을 할지도 모르겠다. 캐나다에 있을 때는 곧 돌아간다는 생각 때문인지 그런 생각을 거의 하지 않았지만. 그런 식으로 94년의 일을 천천히 떠올려보았다. 그때 풀이 난 언덕을 헤치고 교회에 갔던 것이 떠올랐다. 아버지가 양복을 입고 있었다. 자주 가던 교회를 그때는 왜 험한 길로 갔던 걸까. 예배가 끝나고 돌아가던 길에 붉은색 타일이 깔린 길로 희미해지기 시작한 그림자가 드리워지고 있었다. 멀리 보이는 갈색 건물에 왠지 그리운 느낌을 받았고 누군가 살고 있겠지 그 사람은 뭔가 어른스러운 사람일 것 같다는 생각을 했다.

도시적인 아파트 상가와 우리 집은 아니었던 것 같은데 어디였는지 갈색 가죽 소파에 앉아 텔레비전을 보았다. 머리를 올린 미녀는 부자인 남자에게 약점을 잡혀 끌려간다. 여자는 흑발에 진한 화장을 하고 있었다. 어린 나는 그런 내용의 드라마를 누구와 함께 보았을까. 94년 가을 나는 이사를 갔는데 그해 여름이 무더웠고 선명했으며 이사를 간 후 겨울이 유난히 추웠기 때문에 이사 전후가 머릿속에서 컬러와 흑백처럼 선명하게 대비가 되어 남아 있다. 그런데 금에게는 개 한 마리가 찾아와 당신은 방금 말을 했기 때문에 중요한 말 그렇게 하기로 정해진 말을 했기 때문에 개가 되어야 한다고 말하고 있는 것일까. 금에게는 집으로 돌아가 그날 나눈 말들을 천천히 차분히 생각해보겠다고 했으나 나는 94년의 일만을 천천히 생각해보고 있었다. 여름의 골목만을 어딘가로 헤매는 마음으로 걷고 있는 사람의 시선으로 따라가보고 있었다. 수첩은 펴보지도 않았다.

"개가 되고 싶어."

어디까지 사실이고 어떤 상황 같은 것은 잘 모르겠고 어느 때고 진지하게 생각할 마음은 안 먹어질 것이다. 다만 그 말이 94년의 벽에 박혀 액자처럼 걸려 있을지도 모른다는 생각은 들었다. 어딘가 금의 집은 아닌 어딘가에 마련된 작은 벽에 걸리기로 정해진 액자가 걸려 있을 것 같다는 생각. 94년에 나는 어른이 되면 할 일에 대한 생각과 도시가 만들어내는 것들과 선명한 여름 안에 있었는데 그때 내가 한 말은 어느 순간 다시 나에게로 돌아올지 모른다. 나의 말도 어떤 벽에 액자로 걸려 오랫동안 오후의 햇살 아래 있을지 모르는 것이다.

그런데 그 말을 찾아와 하는 사람은 어린 내가 아니라 94년의 지금의 내 또래일 것 같았다. 오래오래 생각하던 어른의 모습인 내가 나타나 액자에 걸려 있던 말을 예기치 않은 순간에 내뱉는 것이 아닐까. 94년의 회사원인 나는 지금의 나와는 다르게 주로 정장을 입고 높은 구두를 신고 다니며 일요일 아무것도 하지 않고 침대에서 라디오를 듣다가 잠깐 나가볼까 생각하며 간단히 화장을 하고 자주 가던 식당에서 국수를 먹고 왠지 평소에 안 가던 어느 골목엔가 들어섰을 때.

개가 된 금과 금이 된 개가 서로를 바꾼다면 나는 그 둘의 차이를 알아차릴 수 있을까. 없겠지. 다시 일

년 전의 이야기를 금은 나를 만나 대체 무슨 이야기를
했던가를 떠올려보려 수첩을 넘겨보았다. 수첩에는 이
렇게 쓰여 있었다.

2017. 4. 13.
"사는 게 너무 피곤하고 귀찮고 아무것도 하기 싫어요."

금을 만났다. 금이 저 말을 쉬지 않고 이어서 말했다.
지쳐 있었고 하지만 요즘은 누구를 만나도 보통은 그
렇다.

개가 되고 싶다는 말을 했다는 이야기는 없었다. 하
지만 할 법한 이야기이고 해도 이상하지 않은 이야기
이기는 했다. 금은 개를 정말 좋아했고 개를 키우지 못
해 조금 우울해했다. 아니 개를 키우지 못해 우울해했
다기보다 금의 우울함은 개를 키움으로써 조금 해소
될 수 있을 것 같았달까.

"저 그냥 개가 되고 싶어요."

그렇게 말하는 금의 목소리가 들리는 것 같았다. 하지만 그 이야기는 뭐랄까 스페인에 가고 싶어요 바르셀로나의 택시 기사가 되고 싶어요 거기서는 택시를 딱시라고 해요처럼 너무나 한번쯤 했을 법한 이야기라 오히려 정말로 했는지 물어보면 확신을 하기가 힘든 것이다. 나는 차분히 그날의 대화가 아닌 다른 것들 날씨나 장소 같은 것을 떠올려보려 했다. 날씨는 비는 오지 않았고 왜냐면 우리가 앉아 있는 장면에 우산이 없었으니까. 약간 쌀쌀했고 바람이 불었던 것 같다. 안에 니트를 입고 겉옷을 입었으니까 4월이어도 따뜻한 날은 아니었던 것이다. 우리는 베트남 쌀국수를 먹고 근처 카페로 가서 커피를 마셨다. 둘 다 따뜻한 커피를 마셨고 뭔가 우울하고 지친 표정이었고 하와이에 가고 싶다는 이야기를 했다. 수첩에 쓰여 있진 않았지만 그건 기억이 난다. 그리고?

개.

금은 개가 그려진 옷을 입고 있었다. 그것과 상관이 있나. 누군가 우리를 찍고 있었다면 그것은 사인이 되어 그러니까 그 말을 했다는 "개가 되고 싶어" 그 말을 했다는 사인이 되어 금의 가슴으로 줌이 당겨지고 "개가 되고 싶어" 그 말이 들리는 것일까. 짙은 네이비의 맨투맨 티셔츠의 가운데에 그려진 개. 불독이었나, 아냐 아냐 그것보다는 좀더 평범한 개였는데. 차분히 생각하고 천천히 금의 가슴으로 확대를 해봐. 그래 야구모자를 쓴 개였고 갈색 개였다. 그때 금은 겉옷을 벗고 있었어 아니면 입고 있었어? 보통은 실내니까 벗고 있었을 것 같은데 그때는 어땠으려나 벗고 있었겠지? 그 장면을 천천히 느리게 지나가게 해봐 자세히 보게. 커피가 담긴 잔은 흰색의 낮고 둥근 잔이었고 받침이 테이블 위에 있고 음 그런데 아무리 그 장면을 잘게 잘라보려고 해도 천천히 확대시켜보려 해도 되지가 않았다. 자 잘 봐 금을 확대시키는 것이 아니라 당신이 아주 작아지는 거야 아주 작아져서 금이 방금 내려놓은 커피잔의 손잡이 안으로 숨는 거야. 손잡이. 그러니까 손가락을 넣는 쪽으로 숨어보았는데요 너무 미끄럽고 손잡이에 매달리는 건 너무 팔이 아파요. 그럼 손잡이에 걸터앉아 금을 올려다봐. 그럼 보이지가 않는걸요. 나는 손잡이에서 내려와 테이블을 빠르게 지나가 내 컵받침 위에 앉았다. 금은 커다랗고 붉은 얼굴의 아무튼 커다랗고 머리가 짧은 사람이었다. 내 눈앞으로는 커다란 개 큰 원 안의 커다란 개가 나를 보고 있었다. 금이 하는 말은 너무 커서 처음에 나는 귀를 막아야 했다. 입 모양으로는 하고 있는 말을 제대로 알아차릴 수 없었다. 금은 웃다가 고개를 숙이다가 그리고 말했다.

침대 위에서 눈을 깜박이다가 못 참고 결국 금에게 전화를 걸었다. 금은 평소처럼 전화를 받더니 이상한 상황에 처하게 만들어서 미안하다고 말했다. 친구 개를 며칠 맡게 돼서 산책을 시키는데 왠지 그날따라 그런 말이 술술 나왔다고 했다. 아주 작아진 나는 다시 금의 소매에 매달려 금의 얼굴을 확인했는데 금은 평소와 같은 금이었지만······

94년의 여름 아주 더운 어느 날 금은 식탁 다리에 기대 텔레비전을 보고 있었고 작아진 나는 맞은편 식탁 다리에 숨어 어른이 된 금을 보고 와서인지 확실히 작아 보이는 금을 보며 오후 다섯시 사십분 아직 개가 되고 싶다는 말을 하지 않은 거야? 왜인지 일요일

오전에 하는 디즈니 명작 만화가 거실에는 흐르고 있
고 도날드 덕은 커다랗고 하얗지만 텔레비전이 작아
서 그럭저럭 노력하면 움직임을 파악할 수 있었고 소
리는 여전히 커서 귀를 막고 있었다. 다섯시 사십오분
집에도 마당에도 개가 없고 금은 아직 아무 말도 하지
않은 걸까? 바닥은 조금 끈적였고 마치 나는 끈끈이가
붙은 파리처럼 어렵게 바닥에서 몸을 떼어내 금의 몸
을 올라타 그러고 보면 이런 만화를 볼 나이는 아닌데
그냥 심심해서 보고 있나 금은 그대로 바닥에 엎드려
잠이 들었다. 사람이 개가 된다면 개의 시간은 훨씬 빠
르게 지나가니 우리는 일찍 죽음을 맞이할 수밖에 없
어요. 하지만 개를 반복해서 살고 있다고 다른 개로 옮
겨가며 살고 있다고 며칠 전 금은 말했었다. 잠을 자는
금이 뭐라고 속삭일 것 같아 금의 목에 기댔지만 금은
모기를 쫓는 것처럼 손을 휘젓다 다시 잠이 들었다.

"그러니까 그런 말은 하지 않았네요."
"뭐가요?"
"개가 되고 싶다는 말 하지 않았다고요."
"뭐 그렇죠."

금은 웃으며 개가 아니에요 개가 아니라구요 사람이에요 쭉 사람이었습니다. 말했다. 믿어주세요. 94년의 여름 교실 창가에 앉아 있었을 때 담임 선생님의 이름은 최명환 반 아이들이 지저분하게 하고 다닌다고 혼을 내고 있었고 이미영을 앞으로 불러내어 칭찬을 했다. 갈색의 짧은 단발머리에 머리띠를 하고 다니던 이미영은 차림새가 깔끔하다고 머리를 이렇게 하고 다니라고 칭찬받았다. 나는 운동장에서 누군가 던진 야구공이 포물선을 그리면서 멀리 나아가는 것을 천천히 보았고 맞은편 건물에선 작업복 차림의 아저씨들이 담배를 피우고 있었다. 아주 가늘고 작은 그래서 눈에 보일 리 없는 피에로 복장의 사마귀 크기의 무언가가 맞은편 건물에서 곡예를 넘고 있었다. 나는 그 피에로의 움직임을 크게 확대해보려고 했으나 눈이 부셔 잘되지 않았다. 옆자리에 앉은 반장은 연습장에 노래 가사를 베껴 적고 있었고 무릎을 안은 채로 높이 원을 그리며 돌고 있는 피에로는 어느새 내 옆 창가로 와 속삭였다. 이것 봐. 이걸 기억해. 1994년 6월 28일의 하루 이걸 기억해. 텅 빈 공원 개와 함께 나란히 앉아 있던 금은 나를 보자마자 이렇게 물었다. 94년에 어떤 일이 있었는지 기억나세요?

개가 되고 싶다고 한 사람은 결국 누구였을까. 누구의 말이 어딘가로 떠밀려 다시 찾아온 것일까. 정말로 금이었을까. 다시 찾아온 것. 걸려 있던 액자가 움직이고 말을 듣고 있는 사람 입이 움직이는 모양을 천천히 모두 다 기억하는 이들. 고개를 돌렸을 때 피에로는 사라지고 커다란 햇볕에 잘 말린 커다란 흰 천이 멀리서 햇빛과 바람 속에서 흔들리고 있었는데 맡아본 세제의 냄새가 나를 찾아오고 그 뒤에는 누군가 서 있다.

친구의 가이드 일을 하게 되었다. 친구인 허은은 온양 호텔의 방 하나를 사십 일간 빌렸다. 허은과 나는 각자의 집에서 혼자 크리스마스를 보내고 29일에 온양으로 트렁크를 끌고 왔다. 끌고 왔다기보다는 차에 짐을 싣고 오다가 주차장에서 방으로 끌고 온 것이지만. 허은의 차는 트렁크 두 개와 고양이 모래와 사료, 공기청정기와 가습기 등으로 꽉 차 있었다. 운전은 은이 했고 나는 옆자리에 앉아 허은의 고양이 차미가 든 이동장을 안고 있었다. 이동장을 방 안에 제일 먼저 옮기고 두 번이나 더 왔다갔다하고서야 필요한 짐을 대충 옮길 수 있었다. 우리는 함께 호텔 지하 온천에서

목욕을 하고 보기 좋게 말끔해진 얼굴로 방으로 돌아
와 지갑을 챙겨 근처 청국장집에서 청국장을 먹었다.
문득 이 청국장집에 몇 번을 오가게 될까 하는 생각이
들었다. 머리에는 샴푸 냄새와 청국장 냄새가 뒤섞였
다. 뭔가 날아가버리지 않을까? 드라이기의 뜨거운 바
람으로 이미 마른 머리를 날려보았다. 모르겠다. 각자
의 침대에서 텔레비전에서 하는 연말 특집 프로그램
을 보다가 호텔 로비에서 집어온 신문을 보다가 할 일
을 서로 맞춰보았다. 차미는 아직 낯선 장소가 어색해
서 침대 밑에 웅크리고 있었다. 허은이 이 호텔을 고른
이유는 호텔 사장이 친척이라 고양이를 데리고 묵을
수 있었기 때문이다. 리모델링을 잠시 미룬 호텔 구관
의 외딴 객실이 우리가 묵는 방이었다. 우리가 나가면
곧 벽지를 뜯고 가구를 새로 들인다고 했다. 뜨거운 욕
조에 몸을 담근 후여서인지 텔레비전을 보다가 졸고
깼다가 다시 졸았다.

*

30일에는 온양 시장을 구경했다. 도서관의 위치도

알아두었다. 사십 일간 온양에서 뭘 해야 할까, 나는 다른 곳을 생각할 것이다. 가이드 일이 끝나고 받을 돈으로 갈 곳들을 정해보아야겠다고 생각했다.

"남편한테 연락이 왔었어."

"뭐래?"

"걱정된대."

"음. 안 해봐서 그런 건가? 나도 안 해봤으니까 걱정은 되거든."

허은은 아이를 유산한 이후 근처 가정의학과에 동면을 신청했다. 동면은 대부분 장기 휴가를 낼 수 있는 여유가 되는 사람들이 신청했다. 치과 의사인 허은은 칠 년 전에도 동면 경험이 있었다. 그 이후에는 줄곧 바빴고 바쁘고 추운 와중에 너무 힘들 때는 짧게 더운 나라를 다녀왔다. 동면은 건강진단과 상담을 받고 이주 치의 약을 먹은 후 시작할 수 있었다. 설정 기간에 따라 중간에 깨어나 이틀 정도 기상 상태로 생활하며 다시 약을 먹고 동면이 이어지기도 했는데 만약의 경우를 대비해 동면자의 상태를 살펴봐주는 사람이 필요했다. 그게 가이드의 역할이었고 가이드를 고용할 여유까지 없는 사람들은 할 수 없지라는 생각으로 혼자서 동면에 들어가거나 동면 기간을 짧게 설정했다. 가이드는 동면자를 잘 살펴봐주면 되었다. 해야 할 일은 많지 않지만 신뢰가 가능한 사람에게만 맡길 수 있는 일이었다.

"내일은 술 마시자."

"마셔도 되는 건가?"

"많이 안 마시고 카운트다운하고 한 모금만 마시려고."

날짜를 세기 쉽게 허은의 동면은 1월 1일부터 시작될 예정이었다. 나는 나도 일기를 써야겠다고 말했다. 그와 함께 허은의 동면 일지도 책임감을 가지고 작성할 것이다. 또다시 어제처럼 꾸벅꾸벅 졸다가 새벽에 텔레비전 불빛에 잠에서 깼다. 이틀 내내 침대 밑에 있던 차미가 모두가 잠이 든 새벽 침대 밑에서 나와 사료를 먹고 있었다. 차미를 알은척하지 않고 눈을 감고 볼륨을 낮춘 텔레비전의 내용을 상상해보았다. 차미가 사료를 씹는 소리와 이어서 물을 핥는 소리가 이어서 모래를 섞으며 노는 소리가 들렸다. 온양과 서울은 기차로 한 시간밖에 안 걸렸지만 그나마 남쪽이라 서울보다는 덜 혹독한 느낌이었다. 먼일을 생각하지 않으려고 하지만 서울에서 매일 출근을 하며 일을 하는 것을 생각하자 생각지도 않게 눈물이 흘렀다. 어쩌면 그것은 그나마 나은 가정일 수도 있었다. 일을 좀처럼 못 구할 수도 있다. 눈물이 흐르고 왜 눈물이 나는 것일까 생각하고 지금 슬픈 이유 이것을 해결하기 위해 해야 할 일 그 일의 성공 가능성을 생각하면 일이 커질 것이고 그러니 생각을 하지 않을 거야. 차미의 모래를 섞는 소리가 멈추고 나는 더욱더 조용히 움직임 없이 눈물이 멈추기를 기다렸다. 나는 그냥 사십 일을 아니 한 달 정도를 어떻게 보낼지만 생각해야겠다고 그것만을 생각을 생각을 그것만을 하다가 다시 잠에 들었다. 앞으로 여러 번 새벽에 잠이 깰지도 몰라, 푹 자는 편이었지만 왠지 그런 생각이 들었다. 그럴 땐 온양역까지 산책을 하고 편의점에서 생수를 사 와야겠다고 정했다. 생각을 줄이고 매일 할 일을 정해놓고 그것들을 해야겠다. 그것이 나의 목표였다.

허은이 임신을 했을 때 함께 점심을 먹은 적이 있었다. 나는 다니던 회사와 계약이 끝난 지 얼마 안 되어 쉬고 있을 때였다. 허은이 일하는 병원 근처에서 만나 함께 샌드위치를 먹었다.

"동면이 가능한데 여전히 사람들은 임신을 하고 아이를 낳는다는 게 신기한데."

허은은 다른 사람 이야기를 하듯 가볍게 하지만 왠지 들뜬 목소리로 말했다. 자신은 곧 사라질 것들을 시작해버릴 것이라고 했다. 그러니까 설명하면 이런 기분이야. 동면이 가능해진 것처럼 어느 날부터 여자의 신체를 통하지 않은 임신 출산이 자연스러운 일이 될 거야. 그러면 사람들은 언제 여자들이 아이를 열 달 품고 있었냐는 듯이 행동하겠지. 그럼 나는 임신의 경험이 있는 과거의 신체로 여겨질 것이고 시대에 뒤처진 안타까운 사람으로 존재하게 되겠지. 나는 그 모든 것을 겪어보고 싶다는 생각이 들어. 나는 구형 인간으로 존재하고 나의 몸은 변화하고 아이가 태어나고 나는 아이를 완전히 사랑하고 그리고 어디서 만들어졌는지 어디서 태어난 것인지 새롭게 태어나는 아이들이 크고 그리고 시간이 지나서 나는 죽는 거야. 허은은 거대한 이야기를 어제 먹은 맛있는 점심을 이야기하듯이 웃으면서 그런데 있잖아 하는 식으로 이어나갔다. 그런데 사실 맘속에서는 아무것도 변하지 않을 것 같다고 생각해. 사람들은 동면보다 더 놀라운 것에 적응해도 아이는 계속 여자의 신체를 통해 태어나는 것이 당연한 것이라고 생각하지 않을까. 그때 나는 허은이 아이를 낳고 또 시간이 지나 여자의 신체가 아닌 다른 곳에서 둘째 셋째 아이를 낳고 기를 때까지 변함없는 신체로 하지만 변할 필요도 없는 신체로 하지만 변할 수밖에 없는 신체로 존재하고 있을 것 같다는 생각 그런데 거기에 아무런 마음도 감정도 기분도 섞이지 않는 상태로 나 자신을 보고 있었다. 언젠가 동면은 해보고 싶다는 생각은 들었다. 동면을 한다는 것과 겨울잠을 잔다는 것은 같은 것이지만 아주 다른 행동처럼 느껴졌다. 나는 겨울잠을 자고 싶었다.

*

매일 체크할 리스트를 다시 점검하고 동네의 시장이나 마트, 도서관과 서점 등을 둘러보러 나갔다. 은은 차미와 시간을 보낼 것이라고 했다. 차미에게 깨워도 일어날 수 없고 놀아줄 수 없고 잠들어 있을 것이라는 것을 설명할 것이라고 했다. 차미는 늘 철학자 같았다.

생각이 많은 고양이, 조용하고 예민한 고양이. 허은의 고양이를 자주 만났고 은이 여행을 갔을 때 돌봐주러 가기도 했지만 차미는 하루에 한 번은 내게 욕을 했다. 나의 존재에 깜짝 놀란 듯이 뒷걸음질치며 할퀴는 소리를 냈다. 둘이서만 오래 지내다보면 욕을 안 하게 될까? 그렇지만 가만히 있으면 종종 머리를 내 다리에 부딪치고 사라졌다. 그것이 가장 좋은 순간이었다.

호텔에서 조리를 할 수 없었고 매일 식당에서 밥을 사 먹고 싶지는 않았다. 물론 어쩔 수 없겠지만. 많은 부분을 나도 포기하고 식빵에 잼을 바르고 샐러드나 계란을 먹어야겠다고 생각했다. 한 달은 짧다고 생각하면 짧은 시간처럼 느껴졌다. 그러다 먹고 싶은 기분이 들면 식당에서 사 먹고라고 생각하다가 그냥 매일 도서관에 나가 도서관 매점을 이용해도 되겠다는 생각이 들었다. 허은을 배려해주고 허은을 살펴봐줘야 한다는 생각을 하지 않으려고 했다. 나는 해야 할 일을 하고 내 생각만을 할 것이다. 그게 허은에게 도움이 될 것이다.

서울에서 사는 것이 늘 쉬운 일은 아니었지만 최근 오 년간 가속도가 붙어 더 힘들어지고 있었다. 동면을 신청하는 사람들의 수도 당연히 늘고 있었다. 작년 1월의 평균 기온은 영하 십오 도라는 뉴스를 보았다. 나는 그런 곳에서 살았고 또 살게 될 것이며 살 수밖에 없지만 다시 한번 그런 추운 곳에서 이렇게나 많은 사람들이 살고 있다는 사실이 새삼스럽게 느껴졌다. 그렇다고 다른 곳을 그려보게 되지는 않는 그런 상태였다. 겨울이 지나면 제대로 된 생각을 할 수 있을 것이다. 지금은 어떤 식으로든 새로운 생각을 하기가 힘들었다. 그런 생각을 하며 걷다가 그런데 왜 이곳에는 온천이 생겼을까 이유가 있겠지 지대와 위치와 어쩌고 중얼거리다가 골목에 있는 작은 목욕탕이 눈에 띄었고 들어가보았다. 어디서나 아무 생각 없이 뭔가를 할 수 있고 서울에서라면 예기치 않게 카페에 가거나 새로 생긴 가게에 들어가 살 수 있는 작고 비싼 것을 사거나 이것저것을 하게 되겠지만 온양에서는 예기치 않게 온천을. 목욕탕에 있는 비누로 몸과 머리를 간단히 씻고 호텔 지하 온천보다 1.5배쯤은 뜨거운 온탕에 몸을 담그고 속으로 숫자를 셌다. 허은은 차미에게 이해를 시켰을까 이해를 한다고 해도 원하는 대로 행동해주지는 않을 것이다. 그것은 어려운 일이다. 문득 엄마 생각이 났다. 엄마는 첫 아이를 돌이 지나기 전에 사고로 잃었다. 이후 오빠가 언니가 내가 태어났고 나는 내가 모르는 오빠가 있었다는 사실을 최근에야 듣게 되었다. 엄마는 자기 전 아이고 그랬었다라고 잠꼬대처럼 중얼거리고 잠이 들었다. 나는 오빠의 이름과 비슷할 그 남자애의 이름을 여러 개 지어보았다. 엄마는 특별히 슬픈 목소리는 아니었는데 슬픈 일은 슬픈 일로 남아 있기 때문일 것이다. 슬픈 일은 사라지지 않고 대신 우리는 다른 일들이 우리에게 닥치길 기다리며 손을 뻗고 밥을 먹고 아이를 낳고 책임을 지려고 한다. 나의 오빠와 언니도 그랬고 나는 나의 일은 잘 모르겠다는 생각을 하며 또다시 밀려오는 내일과 내일과 내일 내일의 생각들을 하지 않으려 숫자를 셌다. 탕에서 나와 자리를 잡으니 옆자리 할머니가 비누와 샴푸를 빌려주었다. 나는 목욕탕 비누로 감아 이미 뻣뻣해진 머리를 다시 감고 할머니의 등을 밀어주었다. 할머니는 시청 앞에서 팥죽을 판다고 했다. 내일까지 가게를 쉬니까 목욕탕에 온 할머니는 다시 탕으로 들어갔다. 시장에서 죽을 사 가야겠다.

허은은 방을 두 개 빌렸는데 아직 들어가지 않은 방이 허은이 동면을 할 방이었다. 우리가 며칠 묵은 방에서 떠나 허은은 편한 잠옷을 입고 아이용으로 사두었던 기린 인형을 들고 동면을 하러 갈 것이다. 지금 묵고 있는 방은 나와 차미가 차미에게 아무것도 이해시킬 수 없겠지만 매일 설명을 하며 한 달을 묵을 것이다. 나는 매일 아침 여덟시에 일어나 옆방으로 가 허은의 체온과 맥박을 재고 실내 온도와 습도를 일정하게 맞출 것이다. 가습기의 물도 갈 것이다.

동면이 보편화되기 전 병원에서 테스트를 받은 사람들은 별다른 어려움은 없었다고 말했다. 수면 상태였기 때문에 기억에 남는 것은 없고 잠을 많이 잔 것처럼 혹은 잠을 잘 못 잔 것처럼 약한 두통이 있다고 말했다. 하지만 절반에 가까운 사람들은 기억에 남는 꿈을 꿨다는 이야기를 했다. 그들은 마치 수면 상태에서 깨어나면 이 꿈에 대해 꼭 이야기할 것이라고 다짐했던 사람들처럼 또렷하게 남아 있는 꿈의 기억을 보고했다. 수면 상태였기 때문에 기억에 남는 것이 없다고 말했던 사람들에게 나타난 현상이 아예 없지는 않았다. 그들은 빠르면 한 달 후 혹은 수년 후 대부분 '만들어진 기억'에 대한 이야기를 했다. 예를 들어 어릴 때 토끼 사육장이 있는 초등학교에 다녔고 거기서 토끼를 길렀다고 믿고 있던 것을 오랜 친구들이 사실이 아니라고 확인시켜주었던 경우. 어릴 때 겪었던 일들을 다르게 기억하거나 없었던 기억이 어린 시절 한때에 추가된 경우가 가장 많았다. 해외여행을 한 번도 해본 적이 없던 스물일곱의 여성은—그 여성은 빚을 갚기 위해 테스트를 받았다—실험이 끝나고 이 년 뒤 홍콩으로 여행을 가게 되었는데 도착하자마자 분명히 와본 적이 있다고 확신하게 되었고 아는 곳을 돌아다니는 기분으로 이 골목을 지나면 이 가게가 나오고 그 가게 오른쪽에는 동상이 있고 하는 식으로 홍콩에서 유학을 마치고 돌아온 뒤로는 한 번도 못 찾은 곳을 시간을 내어 들른 기분이었다고 말했다. 이 여성의 경우가 가장 눈에 띄는 보고였다. 나머지 사람들은 모두 토끼를 키워봤다고 믿는 정도거나 그보다 사소한 것들이었다. '만들어진 기억'은 뭐라고 할 수 있을까, 의학적으로는 모르겠다. 나는 그것이 심각한 부작용으로 받아들여지지 않았다. 동면을 하지 않아도 그런 순간들은 우리에게 존재했다. 희미한 얼굴을 한 분명한 존재로 사람들에게 어느 순간엔가 찾아왔기 때문이다. 데자뷔라는 말도 있는걸. 아무튼 그들은 머리에 뇌파를 확인하는 장치를 달고 팔과 심장에도 다양한 장치를 달고 동면을 취했다. 여러 차례에 걸쳐 여러 사람들에게 테스트가 진행되었다. 이후 동면은 신체적 정신적 회복이 필요한 사람들에게 주로 보급되었다. 하지만 그와 함께 한국의 겨울은 점점 혹독해졌으므로 대부분의 사람들에게는 회복이 필요하게 되었다.

목욕탕에서 나오니 휴대폰엔 허은으로부터 전화가 와 있었다.

"나 목욕 또 했어."

"뭐야 또?"

"응 아니 목욕탕이 작아서 들어가보고 싶더라고."

"남편이 잠깐 들렀어. 같이 저녁 먹을래?"

"나는 괜찮은데 둘이서만 먹는 게 낫지 않아?"

"아니야. 같이 보자. 나는 그게 더 좋아."

허은은 아이를 유산한 이후 남편과 별거를 시작했다. 이유는 묻지 않았는데 묻기도 전에 그냥 할 일이 너무 많아서 혼자 있고 싶었다고 말했다. 나와 은, 은의 남편은 호텔 안 식당으로 가서 불고기를 먹었다. 굳이 무거운 분위기가 될 필요는 없었겠지만 결혼식 이후 처음 본 은의 남편은 어색할 수밖에 없었고 동면이 나쁜 것은 아니었지만 은이 유산을 하지 않았더라면 동면도 하지 않았으리라고 모두 말없이 이해하고 있었다. 다들 조용히 불고기를 먹는 둥 마는 둥 했다. 불고기를 먹고 나와 호텔 주변을 천천히 걸었다. 한 해의 끝 마지막날 연말 그런 것과 이 도시는 관계가 없는 것 같았고 생각보다 어둡고 지나는 사람이 드문 시가지를 셋은 걸었다. 은의 남편은 차미에게 간식을 주고 차미와 놀아주다가 돌아갔다. 차미는 은의 남편을 가장 좋아하는 것 같았다.

우리는 샴페인을 마시기 전 다시 한번 할 일을 점검해보자고 옆방으로 펜과 수첩을 들고 갔다. 각종 배터리와 건전지를 체크하고 병원에서 나눠준 체크리스트를 서로 완전히 이해했는지 이야기를 주고받고 체크리스트를 혹시 모르니 핸드폰으로 사진 찍어두었다. 가져간 테이프 클리너로 바닥과 침구의 먼지를 제거하고 서울에서 따로 챙겨 온 공기청정기와 가습기를 침대 쪽에 두었다.

"뭔가 굉장히 좋은 꿈을 꾸면 좋을 거 같애."

"치아교정 마스터가 된다든가?"

"교정왕."

"필요한 내용을 안 까먹게 꿈에서 주입시켜주면 좋겠네. 한 달 사이 세계 치의학 동향 변화 이런 걸 머릿속에 막 집어넣어주는 거야."

"진짜 교정왕이 되겠네."

"아니 근데 그런 거 말고 일단은 뭔가 편안하고 좋고 그런데 잘 모르는 거."

나는 은이 기린과 산책하는 꿈을 꾸면 좋겠다고 생각했다. 그때 은은 키가 자라 기린보다 약간 작고 둘은 나란히 텅 빈 공원을 산책할 것이다. 허은과 나는 다시한번 할 일을 훑어보고 방문을 닫고 원래 묵던 옆방으로 돌아갔다.

세계 각국의 명소에서 사람들은 카운트다운을 외치고 있었다. 나와 은은 침대 옆 스탠드가 놓인 작은 테이블에 샴페인 잔을 놓고 속으로 같이 숫자를 세다가 삼 이 일 와! 하고 작게 소리를 질렀다. 차미는 무슨 소리를 들은 건지 아까부터 갑자기 침대 밑에서 테이블 위 다시 침대 사이를 가로지르다가 방문 앞에서 멈춰 서고 그러다 빠르게 뛰어 침대 밑으로 들어가기를 반복했다. 새해다. 내일 오전부터 허은은 동면을 시작하게 될 것이다. 트렁크 안에는 맘먹고 사두었으나 읽지 못한 책들이 여러 권 들어 있었고 노트북을 열면 미뤄두었던 영화나 드라마 시리즈가 준비되어 있었다. 하지만 왠지 은에게 앞으로 한 달은 지겨울지 모르니까 이런 것을 준비했었다는 느낌을 주고 싶지 않아 꺼내두지 않았다.

"호텔에서 며칠 지내다 보니까 이미 벌써 다른 곳에서 다른 사람으로 살고 있는 것 같아."

"동면을 취소하는 건가요?"

"아니요 그냥 그렇다는 말입니다."

나는 취재하듯 주먹 쥔 손을 마이크처럼 은의 턱에 댔고 허은은 장난스럽게 존댓말로 대답했다.

"사실 혹시 몰라서 녹음기도 따로 샀어. 아까 말하려다가 깜박했는데 이거 일주일 지나면 컴퓨터로 옮겼다가 다시 놔줄 수 있어?"

"줘봐. 어렵진 않겠지?"

허은의 녹음기를 건네받고 작동 방식을 익히고 마시다 만 샴페인 잔을 치우고 이를 닦고 잠자리에 들었다. 차미는 갑자기 울기 시작했다. 얘는 밤에 잘 울어 은이 어두운 방 안에서 말했다.

*

아침이 되자 은은 옆방의 준비된 침대로 옮겼다. 더블베드였다. 오래된 호텔이라 침대의 사이즈가 컸고 그게 왠지 안정감을 주었다. 가습기와 공기청정기를 가동시키고 녹음기를 침대 옆 테이블에 두었다. 동면 일지를 큰 테이블 위에 놓고 썼다.

1월 1일 1일 차
동면을 시작했다.

은이 잠든 모습을 보고 방으로 돌아와 이를 닦고 세수를 했다. 어젯밤에는 긴장을 해서 자주 자다 깼다. 벽 하나를 사이에 두고 허은은 동면을 하고 있다. 은이 잠든 모습을 보자 그제야 긴장이 풀렸는지 금세 잠이 들었고 허리쯤에 차미가 와 자고 있는 것이 잠결에 느껴졌다. 정오가 넘어 잠에서 깼고 차미야 하고 팔을 밑으로 뻗었지만 아무것도 없었다. 일어나 차미의 화장실을 치웠다. 나중에 허은의 차에서 모래와 사료를 더 가져와야겠다고 생각했다. 짐을 옮길 때 적게 덜어놓은 사료와 모래만을 옮겨두었는데 한번은 다시 갔다 와야 하지 않을까. 허은의 차키를 어디에 두어야 할까 서랍에 넣어두어야 할까 생각하다가 매일 드는 가방 안에 넣었다. 쓰고 싶으면 쓰라고 허락을 받았는데 운전을 하게 될 일이 있으려나 생각하면서 차키를 손으로 문질러보았다. 이미 은은 잠들어 있겠지만 왠지 궁금해서 살금살금 슬리퍼도 신지 않고 옆방으로 가 은의 상태를 살펴보았다. 오늘 자 일지 밑에 한 줄 더 추가했다.

12:15 양호.

트렁크에서 『티보가의 사람들』 3권을 꺼내 테이블 위에 두었다. 금세 읽을 것 같지만 의외로 한 달이 지나도 아무것도 못 읽을지도 몰라. 원두와 드리퍼 원두

분쇄기도 꺼내두었다. 짐을 챙길 때 드립 용구들을 챙기면서도 근데 커피 한 번도 안 내려 마실지도 몰라 인스턴트를 매일 물에 타 마실지도 몰라 싶어서 넣었다 뺐다가 다시 넣은 것이었다. 그런데 그렇게 생각하면 챙길 것이 속옷과 추리닝 외출복 한두 벌밖에 없었다. 핸드폰과 충전기와 지갑 정도? 그래도 뭔가 생활을 하는 사람처럼 보여야 생각하며 테이블 위에 책과 머그잔을 두고 원두와 드리퍼 등은 냉장고 위로 옮겼다. 시장에 가봐야겠다고 생각했다. 이곳에 온 이후로 추리닝과 호텔 안에 준비된 가운 말고는 입은 옷이 없었네 생각하면서 다시 또 추리닝을 입었다. 한참을 헤매다 알았지만 1월 1일에 문을 연 곳은 맥도날드 정도였다. 치킨랩과 커피를 먹으며 내일은 일찍 일어나서 맥모닝을 먹어야겠다고 생각했다. 도서관도 서점도 당연히 문을 닫았고 할머니 할아버지 댁에 들른 것 같은 한복 입은 어린이들을 구경했다. 맥도날드를 잠깐이지만 사랑하게 되었다. 얼른 휴일의 분위기에서 벗어나고 싶다가도 지겨운 것들이라도 곧 사라져버리는 것을 이미 알고 있었다. 문을 연 곳이 없으면 저녁에 또 맥도날드에 오는 수밖에 없다 생각하면서 한복 입은 아이들이 지나는 것을 보았다.

허은은 자신이 칠 년 전 동면을 한 이유가 피곤해서였다고 말했다. 동면이 끝난 후 지금의 병원으로 옮겨 일을 시작했다. 허은은 처음 상담을 받은 병원의 동면실에 입원해 이 주간 동면을 했다. 그때는 간호사가 가이드 일을 했다기보다 간호사에게 가이드 일을 맡기는 것이 어떻게 생각해보아도 맞는 일일 것이다. 엄격하게 관리되기는 힘들지만 일단은 가이드는 자격증을 가진 사람들에게만 허용이 되는 일이다. 은이 처음 동면을 할 때 나에게 가이드를 부탁했고 나는 준비 기간이 있었고 언제든 따두면 도움이 될 것이라고 생각하여 공부를 하고 실습을 나간 후 자격증 시험을 보았고 합격했다. 그즈음 이전에 함께 일하던 상사가 옮긴 사무실에서 이직 제안이 와 결국 가이드 일은 하지 못했다. 하지만 친구의 친구가 동면을 할 때, 몇 개월 후 큰돈을 써야 할 일이 있을 때 직장을 다니며 가이드 아르바이트를 했다. 병원에 갈 여력이 없거나 병원을 싫어하는 사람들은 보통 집이나 싼 숙소에서 동면을 했다. 결국 잠들어 있을 것이라면 같지 않을까 생각하다가도 많은 사람들이 나의 모습을 보고 그것이 내가 모르는 기록으로 남을 것을 생각하면 역시 두려울 것이라는 생각도 들었다. 허은은 혹시 도움이 될지도 모르겠다며 동면이 끝난 직후 쓴 일기를 내게 주고 갔다. 거기에는 역시 '만들어진 기억'에 관한 것들이 쓰여 있었다.

"이거 꼭 읽어봐야 하는 거야?"

"아니 뭐 상관없는데."

"진짜 읽어도 돼?"

"왜 그래? 무서워하는 거야?"

"아니 무섭진 않은데. 무서운 내용이 있을까봐 걱정돼."

은은 그런 것은 없다고 했다. 하지만 한편으로는 나는 허은이 내게 보이는 모습만을 보고 싶은 것 같았다. 보이지 않는 모습을 보게 될 때도 있었지만 그것은 어쩔 수 없는 것이었고 친구의 속마음 혼자서 하는 고민까지 알고 싶지는 않았다. 무겁기도 했지만 나는 일기를 읽는다고 허은을 더 잘 알게 될 것이라고는 생각하지 않기 때문이었다. 하지만 모르는 사람이라면 나는 당연히 이것을 읽고 혹시 무언가 준비해야 한다면 준비를 할 일이다. 그렇다면 내가 이 일기를 읽어야 하는 것은 당연한 일이었다. 『티보가의 사람들』3권 옆에 허은의 일기장을 두었다. a5 사이즈의 오렌지색 로디아 노트였다.

*

아침 여덟시에 일어나 허은의 상태를 보고 일지를 쓰고 가습기의 물을 갈았다. 시장에서 맘먹고 사온 이파리가 예쁘게 달린 한라봉을 테이블에 두었다. 며칠 후 가져가서 먹을 테지만 잠깐이라도 허은 옆에 예쁜 것을 두고 싶었다. 허은은 양호했다.

로디아 노트를 펼쳐 허은의 일기를 읽었다. 칠 년 전 동면에서 깨어난 직후에 쓴 일기들이 절반 이상이었지만 삼사 개월 후 여행지에서 쓴 것도 몇 편 있었고 짧았지만 최근까지 이어져 있었다. 내가 알기로 은은 일기를 쓰는 사람은 아니었는데 동면 관련 기록만 이곳에 남긴 것 같았다. 은은 주요한 스케줄은 병원 내 프로그램에 정리해두었고 개인 스케줄은 간단히 핸드폰에 표시해두는 것이 다였고 그 외에 따로 기록하지는 않았다.

—약과 주사를 미리 투여했기 때문에 근육과 수분 손
실은 생각보다 낮았다. +병원 기록 첨부(copy).

—동면 직전 언니와 크게 싸웠다. 언니와는 서로 풀지
못하고 풀 수 없는 것이 있었는데 동면 이후 언니에 관
한 미움이 사라졌다. 정확히 말하면 혈연처럼 느끼지
않게 되었다. 좋아하게 된 것은 아니고 영화 속 사람처
럼 그 사람의 성격과 과거가 총체적으로 이해됨과 동시
에 그 사람에 관한 감정의 수치가 눈에 띄게 낮아졌다.
이것은 감정이 사라지거나 생기는 것이라고 할 수 있
을까? 그러니까 미움이라는 감정이 사라지고 이성적인
어떤 감정이 생긴 것일까? 아니면 나의 인격의 어떤 부
분이 변화한 것일까?

—불안한 마음에 이전에 풀던 문제집을 다시 풀어봐야
겠다고 생각했다. 새로 나온 치의학 관련 논문들을 읽
어보았는데 이해가 잘되었다. 어려운 부분과 다시 확인
해보아야 할 부분도 있었지만 그것은 이전에도 마찬가

지였다. 괜한 의심을 가지지 않기로 했다.

　시간을 어떻게 보내야 할지 고민하다가 달리기를 시작했다. 십 킬로미터를 운이 좋으면 육십 분 안에 끊기도 했다. 처음 달리는 것은 어려웠지만 삼 킬로미터를 뛰고 나니 조금씩 늘려갈 수 있었다. 뛰고 나면 피곤해서 금방 잠이 들 것 같지만 오히려 세포가 생생하게 살아나는 느낌이었다. 잠이 깨고 정신이 맑아졌다. 그래서 되도록 낮시간에 뛰려고 했다. 왜인지 잘 안 돼서 저녁에 자꾸 뛰게 되었지만 말이다. 차미는 밤이 되면 슬픈 목소리로 울었다. 메메 우는 차미에게 낚싯대 장난감으로 놀아주고 간식도 주었다. 그러면 조용해졌지만 불을 끄고 잠이 들려고 하면 어김없이 몇 분간 울었다. 어쩌면 그 이후로도 울었을지도 모르겠다. 내가 잠이 든 사이에. 차미는 허은이 보고 싶을까? 차미는 어릴 때 헤어진 엄마와 형제들을 기억할까? 헤어진 가족들을 알아볼까 보고 싶어할까 생각했다. 가끔 잠결에 내 옆에 누운 차미가 느껴질 때가 있었다. 차미야 슬퍼하지 마 속으로 생각했다. 차미를 안고 등에 코를 묻으면 땅콩 냄새 같은 고소한 냄새가 났다. 일정한

소리로 코를 골며 자는 차미의 등에 코를 대고 고소한 냄새를 맡았다. 잠이 올 것 같은 냄새였다.

*

얼마 만이었더라. 오랜만에 선생님에게 연락이 왔다. 동면을 시작한 지 열흘이 넘어가고 있었다. 선생님이 갑자기 온양으로 온다고 하셨다. 선생님을 뭐라고 불러야 할까. 우리는 서로를 애매하게 부르거나 늘 이런저런 호칭으로 적당히 불렀다. 선생님은 여전히 대학에서 간간이 강의를 하며 번역을 하고 계셨고 나는 줄곧 회사에서 일을 하다 지금은 쉬고 있었고 가이드 일이 끝나면 봄에는 한 달쯤 조용히 여행을 가서 지내고 싶었다. 그것이 문자 메시지로 주고받은 우리의 근황이었다. 선생님을 만난 것은 학술 단체에서 정기적으로 여는 세미나에서였다. 선생님은 해당 세미나를 지도하고 있었는데 집으로 가는 방향이 같아 가까워지게 되었다. 공통으로 알고 있는 지인도 있어 처음에는 셋이서 모여 맥주를 마셨다. 하지만 어느샌가 둘이서 더 자주 연락을 하게 되었다. 그렇다고 많이 연락을 하는 것은 아니었는데 아무래도 그 정도가 편했던 것 같다. 하지만 다시 생각해보니 선생님을 다른 사람에게 설명할 때나 ○○○선생님이라고 했지 평소에는 약간 장난처럼 ○○○님이라고 불렀던 것 같다. 우리는 온양역에서 만나 시장을 향해 걸었다.

"어쩐 일이세요?"

"응. 대전에 일이 있어서요. 앞으로 세 달 정도 왔다 갔다해야 할 것 같아."

"일은 끝나신 거예요?"

"응. 다음주에 가면 돼요."

온양에 온 지 얼마 되지 않았는데 대전이라는 말을 듣자 무척 도시처럼 느껴졌다. 대전 정도면 가벼운 마음으로 잠깐 들를 수 있지 않을까.

"케이티엑스 타면 삼십 분 정도밖에 안 걸려요. 삼십 분도 안 걸릴걸?"

마치 내 생각을 알고 있었던 것 같은 대답이었다. 우리는 시장으로 가 칼국수를 먹고 시장 안에 있는 작은 헌책방으로 가 책을 구경했다. 선생님은 내게 절판된 아베 코보의 소설을 선물했다. 대전에서 온양으로 케이티엑스를 타고 온 선생님은 다시 서울로 지하철을 타고 간다고 했다. 이상한 방식이네. 지하철에서 책을 읽는다고 했는데 그 노선에는 무료로 지하철을 타고 온양까지 오가는 할아버지들이 많다고 했다. 역 근처에서 커피를 마시며 요즘 번역하는 책에 대한 이야기를 들었다. 그러다 내 옷에 묻은 고양이 털을 떼어주었다.

"일은 힘들지는 않아요?"

"아직까지는 괜찮아요."

"무슨 기분일까?"

"저요? 아니면 친구요?"

"둘 다."

"그게 저도 그런데. 이게 다 그렇잖아요. 하는 사람들은 여러 번 하기도 하고 실제로 많이들 하기도 하지만 안 하는 사람들은 아예 생각도 안 하는 일이잖아요? 생각도 안 하는 건 아니고 약간 관심이 있더라도 마음 어디선가 절대 할 수 없는 일로 생각하는 사람들도 많고요."

"나도 그렇거든."

"근데 모르겠어요. 아는 사람 가이드하는 것은 처음이라서 일이 끝나면 여행을 갈 건데 그때 이게 뭔가 이 일이 뭔가 생각을 해보려고요."

선생님을 배웅하며 왠지 허은의 일기가 생각났다. 거기에 그런 말이 있었다. 어떻게 생각하면 과학자 같은 말이었는데, 나는 새롭게 시작하는 것들에 늘 관심이 있고 그것을 정확하게 받아들이고 싶다. 동면을 해보지 않을 이유가 없었다 같은 말이었다.

*

허은의 상태를 체크하고 가습기의 물을 갈고 테이블의 한라봉을 들고 돌아왔다. 차미의 화장실을 치우고 마실 물도 새로 바꿔줬다. 한라봉을 까 먹고 방을 환기시켰다. 오랜만에 외출복으로 갈아입고 케이티엑스를 타고 대전으로 갔다. 대전역에 내려 바라본 풍경은 의외로 온양과 다르지 않았다. 좀더 크고 좀더 뭐가 많기는 했지만 의외로 도시적이지는 않아서 놀랐다. 찾아보지 않아도 알 수 있는 친근한 구도심의 모습이었고 어쩌면 대학 근처로 가면 느낌이 다를지 몰라 생각하면서 칼국숫집으로 가 칼국수를 먹었다. 골목을 걸을 때마다 칼국숫집이 그것도 종류가 다른 칼국숫집이 보여서 신기했다. 나는 지난번 선생님이 알려

준 오래된 들깨 칼국숫집으로 가 칼국수를 먹고 근처를 산책하다 커피를 마시고 빵을 사서 온양으로 돌아왔다. 세 시간도 안 걸린 짧은 외출이었다. 하지만 돌아갈 즈음에는 왠지 마음이 불안하고 급해졌다. 방으로 돌아오고서야 안심할 수 있었다. 차미가 갑자기 머리를 다리에 문질렀고 꼬리를 다리에 감으며 지나갔다. 차미에게 간식을 주고 만져주었다. 그러고 보니 이제 나에게 욕을 하지는 않는 거 같아.

"뭐 하고 있었어?"

차미의 대답은 없었고 있어도 알 수 없을 테지만 나는 늘 그것이 궁금했다.

— '만들어진 기억'에 관한 아티클을 읽었다. 동물학자가 쓴 것이었는데 그는 인간도 동면을 했을 것이라는 가설을 조심스럽게 밝히고 있었다. 정확한 시기를 추정하기는 힘들지만 먼 인류는 동면을 하였으며 동면은 동물에게만 나타나는 습성이 아니라고 하였다. 그 가정에서 나아가 우리가 받아들이고 있는 자연스럽다고 생각하는 것, 동물적인 것과 인간적인 것에 의문을 제기하였다. 그는 동면 후 나타난다고 하는 '만들어진 기

억'이라는 현상도 분명 실재하고 세심하게 연구해보아야 할 주제지만 이것은 사실 꿈과 비슷한 것이라고 말했다. 자는 시간이 길어짐에 따라 발생하는 다른 종류의 꿈이라고 했다. 저자의 주장은 신선하고 왜인지 나를 안도하게 하였다. 나는 동면이라는 것이 내가 생각했던 것보다 더 큰 부작용을 가져온다고 하여도 어느 정도는 받아들여야겠다고 마음먹고 있었고 당연히 동면을 부정적으로 보고 있지도 않았다. 그럼에도 무리를 하는 것일지도 모른다는 불안감이 있었는데 먼 인류에게 자주 나타나는 행동 패턴이라면 물론 그 인류와 지금의 나는 큰 차이점을 보이겠지만 조금은 안심이 되는 기분이 되었다. 하지만 논리의 허점이 많았고 제시하는 자료들도 빈약했다. 아마 내가 실제로 동면을 하지 않았다면 '만들어진 기억'에 관한 저자의 생각에 동의했을지 모른다. 인간은 자연스럽게 기억을 왜곡 변형시키고 그것은 특수한 일이 아니기 때문이다. 하지만 실제로 겪어보니 그것은 내 짐작과는 달랐다. 그리고 확신할 수는 없지만 양상 역시 개개인마다 다를 것이라는 추측도 생겼다. 물론 이것은 내 경험을 특수하게 받아들이고 있는 것일지도 모른다. 일단 내게 일어난 사소한 변화는 디즈니랜드에 대한 기억이다. 이것은 이전에 보고된 가보지 않은 홍콩의 지리를 정확히 기억하게 된 여성의 경우와 비슷한데 약간 달랐다. 나의 경우는 위치나 시설 같은 것이 정확히 기억나는 것은 아니었고 훨씬 꿈 같은 기억이었다. 아이스크림을 먹고 미키마우스 머리띠를 하고 두세 명의 아이들과 함께 풍선을 손에 들고 즐겁게 뛰어다니는 기억이었다. 하지만 이것이 내가 겪은 일이라는 생각은 들지 않았다. 그렇다고 희미하지는 않았다. 환상적이고 동화적인 영상이 자주 분명하게 보이고 떠올랐다. 그 영상은 무척 분명하여 나는 내가 본 것을 여기에 그려둔다.

허은이 보게 된 '만들어진 기억' 자체는 무척 동화적이고 꿈 같은 내용이 많았다. 그것을 기록하는 허은의 시선 자체는 냉정하고자 했지만 말이다. 당연한 의문이지만 동면을 하는 동안 우리의 시간은 어디로 가는 것일까요 나는 자신이 던진 갑작스러운 질문을 제대로 이해하고자 가만히 질문을 여러 번 되풀이하였다. 자는 동안 우리의 시간은 지난날의 피로와 다음날의 일상을 위한 것이라고 이해하면 될까. 동면도 아주 다르지는 않겠지만 긴 시간은 우리에게 그만큼의 빈틈을 알려줄 수밖에 없어. 은의 일기가 최근에 가까워질수록 그는 자신이 본 동화의 세계와 떠난 아이의 이야기를 연결지어 쓰고 있었다. 그리고 늘 '여기에 어떤 근거가 있는 것은 아니다'라고 덧붙이고 있었다. 허은은 자신에게 침투한 많은 기억들과 유산한 아이가 어디선가 만날 것이라는, 거기에는 가느다란 연관이 있을 것이라는 생각을 반복해서 해나갔다. 어디선가 그들은 만났고 다른 곳에서 그들은 또 만나고 있으며 만날 것이라는 생각이었다. 이번 동면에서 어떤 것을 겪고자 하는지 자신이 믿는 그 연관관계에서 무언가를 보고자 하는지 혹은 은은 그저 피로한 것일지 모른다. 시간이 어디로 가는지 그것은 나중에 알아보기로 하고 일단은 지금이라는 덩어리를 건너뛰기로 결정할 정도로 피곤한 것이다. 이전에 우리가 만났을 때 허은은 아이를 낳고 기르는 사이클을 겪어보고 싶다고 했다. 나는 그것이 어떤 것인지 여전히 앞으로도 이해할 수 없을 것 같지만 허은은 허은의 동면을 겪고 나는 온양에서 흐르는 시간들을 차가운 물에 손을 가져가는 것처럼 생생하게 느끼고 받아들이고 있다. 어떤 기억이 우리에게 흡수되어도 나 역시 그것을 받아들이게 될 것이다.

대전에서 사 온 빵과 편의점에서 사 온 우유를 먹었다. 컴퓨터에 옮겨둔 녹음기의 파일을 들어볼까 하는 생각도 들었지만 관두었다.

미뤄둔 『티보가의 사람들』 3권을 읽다가 가이드가 끝나면 오키나와에 가야겠다고 결정했다. 3월이 되면 어디라도 크게 춥지는 않겠지만 나는 여름에 가까운 곳에 가고 싶어졌다. 오키나와에 가서 은의 일기를 다시 읽고 싶었다. 은의 시간이 다른 식으로 다가오고 이해될 것이다. 그리고 동면이 끝나면 쓰게 될 일기도 언젠가 읽게 해달라고 할 것이다. 아니 직접 이야기를 해도 좋고 나는 그 이야기를 조용히 듣는다. 네가 오키나와에 와도 좋아. 그리고 나는 바닷소리가 들리는 침대에서 눈을 뜨고 습기를 머금은 기온이 느껴지고 때로는 비바람이 잠을 깨울 것이다. 당신이 만난 것을 말해. 그때의 나는 사라지는 것이 두렵지 않게 되었다고 생각할 것이고 나는 그것을 말한다 여름으로 향하며 잠결에.

차가운 길
여름의 길

선생님을 오랜만에 만나게 되었다. 약속을 한 것이 아니라 우연히 극장에서 마주친 것인데 예매를 안 하여 급히 들어간 매표소 옆에 구부정하게 앉아 있는 사람이 보였다. 길게 기다리고 있는 줄 옆 낮은 의자에 선생님은 앉아 있었다. 표는 진작 매진되었고 취소표를 기다릴까 했지만 명단에 적힌 이름들의 수를 보니 내 차례는 오지 않을 것 같았다. 선생님은 극장에 아는 사람이 있을 테고 부탁하면 분명 들어갈 수 있겠지만 귀찮다고 하며 극장 밖으로 나가 담배를 피우고 있었다. 담배를 피우는 선생님 옆에 서서 이제 뭐 하실 거냐고 묻자 집에 갈 거라고 했다. 나는 잠깐 커피를 마시자고 했다.

선생님은 말하자면 줄곧 대하기 어려운 사람이었는데 왜 나는 커피를 마시자고 청한 걸까 커피를 주문하며 스스로 신기하다는 생각이 들었다. 대하긴 어렵지만 선생님은 재미있었고 배울 것이 많은 사람이었고 그때는 왠지 매진되어 놓친 그 영화에 대해 듣고 싶다는 생각이 들었다. 선생님이라면 분명 여러 번 보았을 것이라고 생각했다. 가벼운 마음으로 영화나 책 이야기를 누가 듣거나 말거나 상관없이 길게 길게 해주시면 좋겠다고 짧은 순간에 그런 생각을 했었던 것 같다. 6월 초 실내에는 에어컨이 돌아가고 있었고 우리는 둘 다 따뜻한 커피를 시켜 구석 소파에 앉았다. 선생님은 왜인지 히치콕 이야기를 길게 하다가 아무래도 피곤해서 안 되겠다고 한 시간도 안 되어 일어났고 나는 좀더 있다 가겠다고 했다. 선생님도 이상하다고 생각했을 것이다. 왜 쟤가 갑자기 말을 걸어 알은척을 하고 커피를 마시자고 하지? 나는 이전에 선생님이 하셨던 이야기가 종종 생각이 났다고 선생님은 묻지 않았지만 대답처럼 말했다. 아무튼 나는 짧은 시간 동안 들은 여러 이야기들이 머릿속에서 그럴듯한 모양으로 엉키기를 기다리며 카페 안을 바라보았다.

이것은 어디에서인가 본 장면. 환한 대낮의 도심 속 카페에 조금은 멍한 눈빛을 한 여자가 주변을 둘러보고 있고 평소에는 붐비던 이곳이 왜 그 순간은 한가할까 조금은 의아하다는 생각도 들었다. 맞은편 자리에는 빈 컵만이 놓여 있고 앉아 있던 자리는 아래로 둥글게 들어가 있고 컵 안에는 몇 방울의 커피만이 바닥이 들여다보이는 얕고 투명한 웅덩이를 만들고 있었는데 이것은 웅덩이라고는 할 수 없다. 누구에게 웅덩이일까 아주 작고 작은 사람들에게. 개미만한 사람들에게 말이다. 그보다 큰 사람 예를 들어 신장이 육십 센티미터쯤 되는 사람이라면 간신히 테이블 위를 올려다보지도 내려다보지도 않고 정확히 딱 맞는 시선으로 바라볼 수 있을 것이다. 그 사람의 눈에는 컵 안은 보이지 않고 컵 표면만을 정면으로 볼 수 있다. 그 사람이 앞으로 손을 뻗으면 그 손은 맞은편에 다리를 꼬아 앉은 여자의 무릎과 맞닿을 것이다. 그 사람은 서늘하고 가끔 몇 개의 다리가 보이는 이곳이 천천히 움직이고 있다고 생각할 것이다. 선생님 사실 저는 그 유명한 영화를 아직 못 보았는데요 그 감독의 다른 영화는 몇 편 보았지만 그 영화만큼은 아직 못 보았네요. 영화를 못 보았다는 이야기를 해야 그 영화에 대한 이야기를 시작할 수 있을 것 같았는데 생각해보니 못 보았다는 이야기를 하면 이야기는 나아가지 않는다.

카페의 맞은편에는 오래된 인쇄소가, 그 위에는 그보다 더 오래된 다방이, 인쇄소의 옆집은 사무용 명패 제작소 그 위층은 번역 공증을 맡아 하는 사무실이었다. 선생님이 이전에 그런 이야기를 했다. 외국의 뭐든 잘 갖춰진 조건만을 이야기하고 마치 그것이 없어서 제대로 안 되는 것처럼 이야기하는 것은 아주 우습다고 말이다. 아직 보지 못한 것들에 대해 반복해서 상상하고 그려보는 것이 중요하다고 했다. 그렇게 그려보았던 영화 중에 시간이 지난 후에 보았을 때 실제의 영화가 상상보다 좋았던 경우는 없었다고 했다. 그날 매진이 돼서 놓친 영화에 대해서 이런 영화겠지 이런 느낌이겠지 상상해보려 했지만 당장은 잘되지 않았고 그보다는 다른 어느 극장에서 시간이 지난 후에 그 영화를 보게 된다면 어떨까 생각했다. 머릿속 상상은 이미 그 영화를 본 것처럼 자연스럽게 옮겨갔다. 나중에 조용히 뭔가를 생각할 시간이 오면 그 영화에 대해 상상해볼 것이다. 물론 마음만 먹으면 금방 어디선가 다운받아서 볼 수 있기 때문에 예전의 선생님처럼 간절한 마음으로 뭔가를 그려보게 되지는 않을 것이다. 하지만 방법이 없다, 아무튼 방법이 없으므로 그것에 스스로 다가가보는 것이다.

맞은편 위층의 다방에서는 이 카페로 오가는 사람들이 보인다. 카페의 내부는 창가 자리와, 빛에 따라 몇 자리가 더 보이기도 한다. 선생님은 카페 앞에서 담배를 두 대 이어서 피우다가 휘적휘적거리는 걸음으로 아주 빨리 다방 창의 시야에서 사라졌다. 오른쪽으로? 왼쪽으로? 오른쪽으로. 다방에서는 원두커피와 인스턴트커피와 오미자차와 유자차 쌍화차를 팔았다. 그때 창가에 앉아 있는 사람은 없고 안쪽에 중년 남성 둘이 앉아 있었다. 창가는 눈이 부셔서 편하게 앉아 있기 힘들기 때문이다. 만약 그 영화를 언젠가 보게 된다면, 하고 생각하게 되자 문득 이전에 그 영화를 보았던 게 아닐까 하는 생각이 들었다. 어쩌면. 요즘 그런 일이 종종 있었다. 특히 프랑스나 이탈리아 영화가 그랬다. 그중에서도 프랑스 영화가. 영화 소개를 보고 흥미

롭네 싶어서 보러 가면 영화는 전체적으로는 새로웠지만 중간중간에 선명하게 되살아나는 몇 장면들. 예를 들어 길에서 바지를 파는 남자가 인터뷰에 응하는 장면이나 군복을 입은 남자와 원피스를 입은 여자에게 둘의 미래에 대해 묻는 장면 같은 것들. 사소해 보이고 크게 인상적일 리 없을 것이 분명한 몇 장면들이 갑자기 파고들어와 이게 무엇이었을까 고민하게 만들고 우리라는 작은 나사 같은 덩어리는 이제 머릿속으로 파고들어가 너의 머리와 기억을 더듬게 하고 처음에는 아 뭔가 어디선가 본 것 같은 장면인데 하는 생각이 들다가 한번 더 반복되면 어쩌면 이 영화 이전에 봤을지도 몰라 근데 다른 장면들은 새로운데? 영화 설명을 보고 보았다고 착각하는 게 아닐까? 봤을까 안 봤을까 본 것 같기도 하고 아닌 것 같기도 하고 영화가 끝날 때까지 고민하다가 물론 중간중간 아 좋다 이 장면은 흥미롭네 이 대사는 센스가 좋아 생각하기도 하지만 머릿속을 크게 차지하는 것은 본 걸까 안 본 걸까 봤다면 왜 영화를 보러 오기 전까지 전혀 의심하지 않은 것일까 왜일까 하는 갈팡질팡하는 마음이었다. 그래서 언젠가 보게 된다면 하는 생각을 나는 또 잠시 접어두고 이전에 보았다면 어디서 언제 보았을까 하는 가정에 잠기게 되었다. 익숙한 몇 개의 극장과 사라진 한두 개의 극장을 머릿속으로 떠올리며 어떤 극장에서 본 걸까 아니면 어떤 극장에서 보았다고 하는 게 그럴듯할까.

육십 센티미터의 사람은 고개를 약간만 숙여서 나의 무릎과 소파 사이를 통과해 달려갔다. 한가한 카페는 다른 시간에 왔다면 그 사람의 눈앞으로 수많은 다리들이 왔다갔다했을 것이다. 십대 때는 영화를 보러 다니지 않았고 음악은 듣긴 들었지만 많이 듣지 않았고 책도 별로 읽지 않았다. 보통 걷고 방에 누워서 생각을 했다. 눈을 깜박이다 노래를 부르고 온갖 사소한 것들을 이어서 생각하고 또 생각했다. 그러다 걷고 또 걷고.

아마 이전에 이 영화를 보았다면 낙원동 극장에서 본 것이 아니었을까. 대학을 졸업하고 인턴으로 일할 때 주말에 간신히 시간이 나면 극장에 와 영화를 보았다. 영화를 잘 아는 게 아니었고 감독에 따라 영화를 골라 보는 것도 아니었고 리플릿을 읽다가 왠지 좋을 것 같아라는 생각이 들면 보았고 아니면 잠시 건물 옥상에 앉아 어쩌면 할 수 있었던 일들에 대해 생각했다. 할 수 있었던 것들. 극장이 있는 건물에는 아파트도 있었는데 대학생 때 이 아파트에 가본 적이 있었다. 화장실은 바닥과 벽이 푸른색 타일로 되어 있었다. 이 아파트에서 살면 영화를 자주 보러 가게 될까. 건물 지하에는 시장이 있었고 식당도 있었고 의외로 사람들도 많이 오가고 있었다. 그때 이 영화를 보았을까. '내성적이고 소심한 델핀은 여름휴가를 혼자 보내야 하는 외로운 처지다. 남자친구를 구하기를 내심 바라지만 성격 탓에 뜻대로 되지 않는다.' 마치 그때의 옥상에 앉아 있는 듯이 가만히 앉아 내성적이고 소심한 여자가 무언가를 원하지만 뜻대로 잘되지 않는 것을 생각해보았다. 뭔가 잘 안 되는 게 당연한 듯한 시작이었는데 그럼에도 흘러가고 손에 얻게 되는 좋은 것들이 있을 것이다.

델핀은 짐을 싸다 친구를 불러 커피를 마신다. 친구는 담배를 피우며 편지를 부치러 갈 것이라고 했다.
"언제?"

"오늘 오후에, 아니 내일이라도."

그러다 오늘이라도 지난 연인이 — 이제는 친구가 된 — 살고 있는 스페인으로 갈지도 모른다고 했다.

"그럼 편지는?"

"아마, 음. 집으로 가는 길에 문 사이에 넣어두고 갈 까 해."

"스페인에 안 갈 수도 있는 거야?"

"글쎄. 모르겠지만 뭔가가 기다리고 있는 느낌이 들어. 뭔가가. 델핀, 너는 기다리고 있는 거야 뭔가를?"

델핀은 잠자코 생각했다.

그러고 보니 인턴으로 일할 때는 을지로에 있는 극 장에도 자주 갔었다. 지금은 없어졌는데 한동안 극장 의 폐관을 아쉬워하는 메모가 입구에 가득 붙어 있었 다. 그 극장에 자주 갔었는데 어떤 영화를 봤었는지는 막상 기억나지 않고. 다시 또 생각해봤지만 전혀 기억 나지 않았다. 일본 영화를 몇 편 봤던 것도 같은데. 폐 관 이후 포스트잇으로 가득한 닫혀 있는 건물 앞에서 종종 걸음을 멈췄던 일만 기억이 났다. 그 건물은 지 금 뭐가 되었을까, 그냥 아무것도 아닌 채로 서 있을

까. 이전에 선생님은 극장이라는 곳은 영사기의 위치
가 사람 머리 위에 있어서 사람의 꿈이 화면으로 상영
되는 형태라고 했다. 극장의 공간이 여의치 않아 영사
기가 바닥에 있는 곳이 있는데 엄밀한 의미에서 극장
이라고 할 수 없다고 했다. 이야기를 들을 때는 확실히
이해가 되었는데 막상 극장에 앉아 있는 사람들이 있
고 영사기가 그 위에 있고 위에서 바닥으로 V자로 반
사하여 화면으로 상영이 되는 건가? 꿈은 머리 위로
흐른다. 이제 와서 떠올려보니 가물가물했다.

카페에 앉아서 왜 선생님이 갑자기 히치콕 이야기
를 한 걸까. 별 생각이 있어서는 아니고 갑자기 뭔가가
생각이 나서 이야기를 한 것 같았다. 그러고 보니 선
생님이 이야기한 히치콕 영화는 대부분 아직 안 본 것
이었고 속으로 또 저는 그 유명한 영화들을 아직도 못
보았고 이야기는 다른 영화에 관한 것이지만 머릿속
으로는 제가 본 영화들을 되감아 틀고 이야기를 듣고
있습니다.

"혹시 지갑 못 봤어요?"

갑자기 들어온 선생님이 화가 난 다급한 표정으로

물었고 갈색 소파 위에 갈색 지갑이 보호색처럼 조용히 놓여 있는 것이 보였다.

"얼마나 갔다가 되돌아오신 거예요?"

"많이는 아니고 근처에서 일 좀 보다가 허전해가지고."

육십 센티미터의 사람이었다면 금방 지갑을 알아차렸을 것이다. 지갑의 돈이 들어 있는 부분을 정면으로 바라보았을 것이다.

"고생하셨네요."

"뭐 더 마실래요?"

"아뇨 저는 괜찮아요."

선생님은 커피 한 잔을 더 시키고 테니스 경기에 대한 이야기를 시작했다. 테니스는 정말 아는 게 없었다.

잠시 잠자코 생각하던 델핀은

"글쎄 나는 새로운 만남을 기다리고 있어."

"모두가 그것을 기다리지."

"모두는 아니야. 난 이전에는 그렇지 않았는걸. 그리고 만족스럽게 사는 사람들도 많아."

"이전에도 그랬을 거야. 새로운 만남은 늘 필요하지.

나는 길에서 새로운 고양이를 만나고 싶기도 하다고.
무엇이든 무엇이든 새롭게 만나는 것이 필요해."

"스페인으로."

"그래, 그사이에, 아니 이곳을 나가자마자 무엇이 나
를 기다리고 있을지 어떻게 알겠어. 그럼 스페인이 아
닐지도 모르지."

친구는 갑자기 한숨을 쉬며 고개를 젓다가 안 되겠다
고 말하며 편지 봉투를 반으로 접어 가방에 넣었다.

"안 되겠어."

잠시 후 둘은 카페 앞에서 가볍게 포옹을 하고 헤어
졌다. 델핀은 멀어져가는 친구의 뒷모습을 보다 집으로
향하는데 길에서 까만 고양이가 나타났다가 금방 사라
졌다.

"선생님이 테니스도 좋아하시는지 처음 알았어요."

"보는 걸 좋아하는 거지."

"집에서 티비로 보시는 거예요?"

"근데 잘 안 하지. 할 때 보고 마는 거지."

극장에 자리가 있어서 영화를 보았다면 아마 이십
분 후쯤 자리에서 일어났을 것이다. 그때 어떤 마음이

었냐면 왠지 다가오는 여름의 늦은 오후가 생생하다고 느꼈을 것이다. 나도 새로운 만남을 기다리고 있어요. 여름의 밤을 향해 다가오는 바람에 부딪치듯 섞이듯 걸으며 그게 연인이 아니더라도 길가의 고양이라도 새로운 만남은 필요해 잠깐 그런 생각을 하며 지하철 역에 도착하더라도 왠지 바로 열차를 타고 싶지 않아 스쳐 지나가 좀더 걸을 것이다.

"잠깐만."

친구는 뒤돌아 걸어가는 델핀을 향해 뛰어와 말했다.

"혹시 가는 길에 이거 전해줄 수 있을까? 없으면 문 사이에 끼워두어도 돼."

"왜 직접 전하지 않는 거야?"

"아무래도 그게 낫겠어."

친구는 웃으며 어깨를 으쓱하고 다시 델핀을 안고 인사를 하며 멀어져갔다.

"텔레비전에서 잘 해주지도 않아요. 해도 새벽에 하니까 뭐 그것 때문은 아니지만 새벽에 보고 낮에 일어나고."

"아 그 이전에 말씀하셨던 책 있잖아요. 그거 저도 나중에 봤는데 재밌더라고요."

그러고 보니 선생님은 이전에 집에 있는 책들만으로 이미 가지고 있는 것만으로 어떤 것을 만들어낼 수 있다고 생각해야 한다는 말도 했었다. 어떤 것이 아니라 뛰어난 것이었나 새로운 것이었나 아무튼 잊을 만하면 그 이야기는 생각나서 책장의 이미 읽은 책들을 다시 보게 했고 그보다는 아직 읽지 않은 책들의 무궁무진함을 점쳐보게 했다. 아니 무조건 믿게 했다. 그렇게 책장을 보다보면 이미 읽은 책들이 가지고 있는 작은 요소들이 요리 재료처럼 머릿속에서 나열되었다. 민주주의, 80년대, 미국, 미대사관, 대중운동, 텐트극장, 소극장운동, 현대연극, 일본, 주일대사, 보르헤스와 카프카, 천황과 오키나와, 러시아, 혁명, 모더니즘 그리고 또 그리고.

델핀은 친구의 부탁으로 편지를 전해주러 친구의 연인의 집으로 간다. 그런데 집에는 그가 없고 처음 보는 사람만이 있다.

"누구시죠?"

"델핀이라고 해요."

"반가워요. 델핀."

델핀은 그러니까라고 망설이다 말을 한다. 친구의 부탁으로 편지를 전해주러 왔어요.

"아 이미 떠났어요. 저는 그의 친구인데 며칠간 집을 빌려 쓰기로 했어요. 다음주에 그의 어머니가 오시면 열쇠를 전해주기로 했죠."

"그럼 당분간은 안 오나요?"

"아뇨. 뭐 한 달 후엔 올 거예요."

"그럼 이건?"

"제가 맡아둘게요. 우편물이랑 같이 두면 되겠죠."

그렇게 생각하면 책장에 꽂혀 있는 책들을 좀더 정답게 생각할 수 있다. 그리고 도서관의 읽었던 책들은 애틋하게 여겨졌다. 만날 수 있겠지만 멀리 있는 친구처럼 생각하게 되었다. 도서관의 책들을 합한다면 정말 대단해질 수 있겠지. 하지만 거기서는 정말 읽은 책이 일부일 뿐이고 그래서 그것들을 몇 안 되는 애틋한 친구처럼 다시 생각하게 되고 책장의 책들과 어딘가로 사라진 책들 헤어졌던 책 만날 수 있는 책, 일단 중요한 것은 그걸로 뭔가를 좋은 것을 할 수 있다는 생각으로 그것을 둥글게 뭉쳐서 굴려 굴려야 한다. 선생님과 이야기를 하다보면 아무튼 무언가를 해야겠다는 생각이 들었다. 선생님의 이야기를 혼자서 떠올려볼 때도 그랬다. 그만큼 뭔가를 하고 있지는 않았지만 그럼에도.

이층 다방의 중년 남자 손님은 여전히 자리를 지키고 있고, 중년 여성과 같이 일하는 직원처럼 보이는 이십대 여성이 창가 자리에 앉았다. 이제는 햇빛도 익어 넓고 엷게 창을 비추고 있었다. 둘 다 유자차를 주문하고 중년 여성은 핸드폰으로 전화 통화를 하고 아무래도 같이 일하는 직원 같은 사람은 창가를 내려다보았다. 극장 앞으로 단체 관광객이 깃발을 든 여행사 직원을 따라 두 줄로 서서 지나가고 있었다.

"유자차 차갑게도 되는데."

"나는 그럼 차가운 거."

"저도 그럼 차갑게 주세요."

창밖을 내다보며 뭔가 일을 해야 한다고 생각했다. 왜 갑자기 유자차를 기다리다 그런 생각을 했을까. 이곳은 굉장히 오래되었고 할아버지들만 올 줄 알았는데 막상 들어와보니 생각보다 평범했다. 오래되긴 했지만 소파도 편했고 음악도 클래식이고 왠지 유자차도 맛있을 것 같았다. 무슨 일을 해야 할까. 뭔가 공부도 일이라고 할 수 있으니까 책상에 앉아 외국어를 배우거나 자격증을 따거나 그렇게 뭔가 몰두해서 시간을 보내야 할 것 같아. 뭘 할 수 있을까, 뭘 하면 좋지? 왜 갑자기 오래된 다방 창가 자리에 앉아 지나가는 관광객을 보고 그런 생각을 하게 되는 것인지 모르겠다. 아마 어딘가로 나란히 움직이는 두 줄의 사람들이라서 그런가보다, 다른 곳에서 온 사람들이 어딘가로 가고 있기 때문에.

다방 아래층 인쇄소에서는 근처 대학 극회에서 온 학생이 인쇄 견적을 문의하고 있었다. 보통은 명함 같은 것을 찍는다는 이야기를 했는데 간판에도 명함이라고 써 있고 책상 위 펼쳐진 샘플북은 모두 명함이라 너무 당연한 이야기처럼 들렸다. 백 장 이백 장 정도는 별 차이도 안 난다고 했다. 많이 찍어야 학생이 말한 장당 가격이 가능하다고 했다. 그것도 뭔가 당연한 이야기 같아.

차가운 유자차는 나쁘진 않지만 따뜻한 유자차가 더 맛있는 느낌이야. 탄산과 섞어야 좀더 어울리는 맛이 되지 않을까? 그럼 그게 레모네이드 같은 거네. 그런 생각을 하다 다시 창밖을 바라보았을 때 맞은편 극장 창가에 서 있는 사람이 이쪽을 바라보고 있는 것이 보였고 그 사람은 이 창보다 좀더 높은 곳에 시선을 두고 있는 것 같았다. 아마 이 건물 옥상에서 누군가 담배를 피우며 맞은편 극장을 보고 있을 것이다. 그런 생각이 들었다. 그리고 담배를 피우는 사람이 보고 있는 극장에는 아무것도 없을 것이다. 아무도 없는 텅 빈 창가일 것이다.

"믿을 수 있겠지요?"

"그럼요."

"신문과 함께 버리면 안 돼요."

"걱정이 많으시군요."

"제가 쓴 게 아니니까요."

"이렇게 하면 잊지 않겠죠. 잊으려고 해도 잊을 수가 없겠죠."

"괜찮네요."

델핀은 반으로 접힌 자국이 남아 있는 편지를 잠깐 보다가 남자와 인사를 하고 헤어졌다. 길에는 고양이도 사람도 없었고 사과를 파는 사람만이 서 있었는데 그마저도 팔던 사과를 정리하고 있었다. 집으로 돌아간 델핀은 짐을 마저 정리하다가 걸려온 전화를 받는다.

"응 그는 집에 없었어."

"글쎄 친구라고 하는데 한 달 후에나 돌아온다고 하던데."

"응 맞아. 그런 이름이었어."

"아냐. 어머니가 들른다고 하더라."

"그래."

전화를 끊은 델핀은 짐가방을 세게 닫고 한숨을 쉰다. 다음 장면에서는 휴가지에 도착한 델핀이 흰색 테이블 앞에 앉아 있다.

"일이 있어서 먼저 가볼게요."

"아, 벌써 영화가 끝났나요?"

"아직 좀 남았는데 먼저 가보려고."

아무튼 테니스 선수들은 멋있다. 이야기를 듣다 보니 테니스 선수들의 멋있음이 자연스럽게 이해가 되었다. 경기를 진지하게 본 적은 없지만 그것만은 확실히 전달이 되었다. 고개를 돌리자 선생님은 벌써 사라졌고 마치 다음 장면으로 넘어간 것처럼 빠르게 사라졌네 하는 생각이 들었다. 곧 다음 영화 티켓의 현장 구매가 가능해진 시간인지 오가는 사람들이 늘었고 카페 안도 처음 들어왔을 때보다는 사람들이 많아졌다. 왠지 아는 사람을 마주쳐도 이상하지 않을 것 같다는 생각, 아니 아는 사람을 생각지 못한 누군가를 마주칠 것만 같다는 생각이 들었다. 가방 안에 넣어 온 책을 펴고 읽던 부분에 이어서 읽어보려 했다. 며칠 전 교통사고로 아이를 잃은 아버지가 탐정 사무실의 문을 열고 들어와 탐정과 대화를 시작하고 있었다.

"무슨 책 읽고 있어요?"

"소설이에요."

델핀은 표지를 보여주며 어깨를 살짝 올렸다 내렸다. 지나가던 남자는 자기소개를 하며 이름을 물었다.

"델핀이요. 여기 사는 거예요?"

"여기 사느냐고요? 아니에요. 사촌이 살기는 하죠. 나는 아니에요."

"아."

"내일도 나올 건가요?"

"모르겠어요. 아마도요."

"나는 나올 건데 같이 수영해요."

아이를 잃은 아버지의 이야기를 긴장한 채로 읽어나가다가 올여름엔 수영장에 자주 나가야지 생각했다.

여름은 언제 오는 걸까. 6월이면 확실한 여름이지만 3, 4월에도 어느 순간 여름의 냄새를 강하게 삼십 미터쯤 앞에서 맡을 수 있을 때가 있다. 그렇게 생각하면 여름은 먼 곳에서 오고 있고 그러다 다시 어딘가에 머물다가 5월 말쯤 되면 좀더 가까이 자주 모습을 드러내는 것이겠지. 기지개를 켜고 매표소 쪽을 보았을 때 누군가 급하게 다 마신 일회용 커피잔을 손에 든 채 뛰어가고 있었고 그 사람 뒤로 방금 티켓을 산 아는 얼굴이 보였다. 티켓을 사고 바로 핸드폰을 보길래 문자를 보냈다.

—열시 방향.

—뭐야?

—열시 방향.

웃으며 들어온 해미는 주문을 하러 가고 나는 가름끈을 페이지 사이에 두고 책을 가방에 넣었다.

"좋아요. 몇시쯤?"

"사촌이랑 계속 나와 있을 거예요."

"잘 가요."

맞은편 소파는 여전히 둥글게 아래로 들어가 있고

역시 아까 그 지갑은 정말 소파와 색이 같았다. 아무리 그래도 그렇지 왜 알아차리지 못했을까. 테이블에 가려진 부분에 놓여 있었나. 관심이 없어서 몰랐던 것 같다. 해미는 맞은편 자리에 앉지 않고 내 옆자리로 앉아 어깨에 머리를 기댔다.

"졸려?"

"졸려."

"그래서 커피 샀어?"

"잘 거 같아 분명히."

친구의 커다란 플라스틱 컵에 맺힌 작은 물방울이 테이블에 떨어지고 저걸 맞으면 감기에 걸리는 사람들이 있을 거야. 컵에 고인 물을 웅덩이라고 느끼는 사람들 같은 사람들, 사람들이라고 해야 할까 아무튼 그런 것들 그런 자들. 나도 내 머리를 친구에게 기대고 짧은 시간 사이에 늘어난 사람들을 바라보았다. 친구는 눈을 반쯤 감고 여전히 머리를 기댄 채로 차가운 커피를 마시고 또 마시고 잠시 뒤에 또 마셨다. 이제 완전히 오후가 되어버렸어. 엘리베이터가 열렸는지 갑자기 열 명이 넘는 사람들이 우르르 나오기 시작했다.

"영화 끝났나보다."

"이제 또 시작하겠다."

사람들은 다들 웃으면서 이야기를 하고 있었고 몇은 카페로 들어와 커피를 주문했다. 해미는 어제 두 시간도 못 잤다고 했는데 왜 못 잤느냐고 이유를 묻기도 전에 잠을 자려고 자려고 해도 왜인지 잠이 안 왔다고 했다. 한 달에 두어 번쯤 그런다고 했다.

"그럼 영화를 보다 자는 게 좋은 거야 안 좋은 거야?"

"그건 상관없고 일단 밤에 자는 게 좋은 거지."

이 사람은 누구야? 왜 아무렇지 않게 맞은편 자리에 앉는 거지? 네이비 치마를 입은 다리가 눈에 들어오자 그런 생각이 들었다. 이상한 사람이네. 고개를 들고 확인하기 전에 네이비 치마를 입은 사람은 일어나 내 어깨를 짚었다.

"영화 봤어 둘 다?"

"둘 다 안 봤어. 나는 매진돼서 못 봤고, 얘는 이제 보러 가."

델핀은 숙소에서 연락이 왔다는 직원의 이야기를 듣고 뭔가요 묻는다. 직원은 엽서를 한 장 건네준다. 델핀은 스페인에서 온 엽서를 들고 방으로 올라간다.

—델핀, 휴가는 어떠니?

나에게는 그간 많은 일들이 있었어. 괴로운 일들도 있었지만 그게 꼭 나쁘다고는 할 수 없었어. 하지만 마음이 역시나 혼란스러워. 기다리던 것은 찾았니? 아직 많은 것이 남아 있어.

해미는 커다란 아이스 아메리카노를 들고 뭔가 씩씩한 걸음으로 엘리베이터를 타러 갔고 나와 미래는 해미야 힘내 왠지 웃기다는 표정으로 웃으며 말했다. 우리는 지하철역까지 함께 돌아가기로 했다. 마신 컵들을 정리하고 뒤를 돌아보았을 때 모두가 앉았던 자리에는 둥글게 들어간 얇게 파인 공간이 있었다. 거기엔 어떤 작은 것들이 누워 있는 거지? 그리고 우리의 다리 사이로는 어떤 것들이 빠르게 움직이고 뛰어다니는 거지? 혹은 의자 뒤에 숨어 있는 것들은?

나와 미래는 극장을 나와 지하철역을 향해 걸었다. 드물게 날씨가 좋은 날이었고 그래서인지 선명하게 노을이 보였다. 뿌옇지 않고 선명한 청색의 하늘과 밑에서부터 올라오는 붉은색이 만나고 있었다. 여름은 삼십 미터 앞에 있지 않고 나란히 걸어가고 있어. 나란히는 아닌가, 세 걸음 정도의 간격으로 걸어가고 있어.

"영화 어땠어? 좋았어?"

"음. 좋았지. 뭔가 아직 남은 것이 있다는 느낌을 받았어."

우리는 반걸음쯤 사이를 두고 지하철역을 향해 걸었다. 우리와 여름은 반걸음보다는 약간 더 멀지만 이름을 가볍게 부를 수 있는 거리를 두고 걷고 있다. 나도 아직 남은 것이 있다는 느낌 여름보다 멀리서 무언가 반갑게 인사할 것이 있다는 느낌이었다. 어느새 역에 도착해 미래는 먼저 지하철을 타러 가고 나는 좀더 걷겠다고 하고 손을 흔들었다. 남아 있는 것들과 함께 걸으며.

개와
함께
읽기

금정연

이전에 선생님은 극장이라는 곳은 영사기의 위치가 사
람 머리 위에 있어서 사람의 꿈이 화면으로 상영되는 형
태라고 했다. 극장의 공간이 여의치 않아 영사기가 바닥
에 있는 곳이 있는데 엄밀한 의미에서 극장이라고 할 수
없다고 했다. 이야기를 들을 때는 확실히 이해가 되었는
데 막상 극장에 앉아 있는 사람들이 있고 영사기가 그 위
에 있고 위에서 바닥으로 V자로 반사하여 화면으로 상영
이 되는 건가? 꿈은 머리 위로 흐른다. 이제 와서 떠올려
보니 가물가물했다.*

---

* 박솔뫼, 『사랑하는 개』, 114쪽. 이하 본서에서의 인용은 쪽수를 생략
한다.

나는 책을 읽는 세 가지 방법, 그러니까 세 가지 독서 방식을 가지고 있습니다. 롤랑 바르트는 말했다. 첫번째는 책을 처다보는 것이다. 나는 책을 받고, 책에 대해 말하는 것을 듣고, 그래서 그 책을 봅니다. 이것은 아주 중요한 독서 방식이지만 사람들은 이런 종류의 책 읽기에 대해 결코 이야기하지 않습니다. 두번째 독법은 내가 할 일이 있을 때, 이를테면 강의 준비나 평론, 책을 써야 할 때, 나는 물론 책을 읽습니다. 처음부터 끝까지 메모를 해가면서 읽습니다. 하지만 내 작업과 관련해서만 책을 읽기 때문에, 그 책들은 내 작업 안에 포함되는 것이지요. 마지막은 외출에서 돌아와서 침대에서 베개에 등을 기댄 채 독서등을 켜고 하는 독서다. 바르트는 그때 좋아하는 책을 읽는다.

바르트를 따라 말하자면 나는 『사랑하는 개』를 세 번 읽었다. 다음은 각각의 독서에 대한 내 나름의 기록이다.

1. 처다보기

나는 교정지를 받고, 이것은 박솔뫼의 소설이고 사

랑스러운 선물 같은 소설이다, 라는 황예인의 말을 듣고, 그래서 그것을 본다. 청각 밖의 정보, 흐릿하고 정확하지는 않지만 그래도 작동하는 정보, 라고 바르트가 이름 붙인 것. 하지만 이번에는 바르트가 틀렸다. 하얀 종이 위에 인쇄된 박솔뫼라는 이름과 '사랑하는 개'라는 제목을 보는 순간 나는 박솔뫼의 문체(차라리 말투)를 들을 수 있고, 이것이 소설이며 그것도 아주 사랑스러운 소설이라는 것을 분명히 알 수 있기 때문이다. 이 책을 들고 여기까지 읽은 독자들 대부분이 알고 있는 것처럼, 아니 그전에 이미 작가와 제목과 표지를 보며 알았던 것처럼. 그건 예감이나 직관 같은 것은 아니고 독자로서 내가 하는 간단한 산수다.

개 + 박솔뫼＝사랑스러운 소설

Q.E.D. 증명 끝! 이라고 이 글을 끝내고 싶지만 문제는 이를 증명하기가 사실상 불가능하다는 사실이다. 언젠가 샐리 브라운이 말한 것처럼, 무언가를 싫어하는 이유보다는 좋아하는 이유를 대는 게 늘 더 어려운 법이니까. 사랑스러운 것은 사랑스러운 것이고 논리

의 바깥에 있는 것이다. 이런 경우에 칸트라면 뭐라도 그럴듯한 설명을 할 수도 있을 것 같은데. 나는 칸트가 아니고 칸트를 모르고 사람들이 이런 종류의 책 읽기에 대해 결코 이야기하지 않는 이유를 이제는 안다.

2. 읽기 (메모)

그래서 나는 연필을 들고 책상 앞에 앉아 밑줄을 긋고 메모를 해가면서 「여름의 끝으로」 「사랑하는 개」 「차가운 여름의 길」 「고기 먹으러 가는 길」을 차례대로 읽는다.*

나는 다음과 같은 단어들에 동그라미를 치고

—호텔
—고양이
—겨울잠
—스페인
—개
—영화
—고기

이런 메모들을 한다.

메모a. 박솔뫼가 좋아하는 단어들? 이렇게 분류할 수 있다.

호텔과 스페인=이곳과는 약간 다른 장소

고양이와 개=나도 아니고 인간도 아닌 존재

겨울잠과 영화=사람들이 흔히 삶이라고 생각하는 일직선의 이야기를 흐트러뜨리는 또 다른 시간과 공간을 가진 이야기들 존재한다고 딱 잘라 말할 수는 없지만 존재하지 않는다고도 말할 수 없는 가능성으로서의 삶, 말하자면 가능세계

고기=고기

메모b. 그렇다면 『사랑하는 개』에 실린 소설들을 한데 묶어 이곳과는 약간 다른 장소에서 나 아닌 다른 존재들과의 만남을 통해 내가 여태껏 살아가던 (일방적인) 삶=이야기의 흐름 속으로 수많은 가능성들이 다른 시간과 공간이 동시에 쏟아져 들어오는 이야기

---

* 편집자 주. 편집 과정에서 소설의 순서가 바뀌었다.

라고 말하는 건 어떨까. 그 가능성들은 때로는 "희미한 얼굴을 한 분명한 존재로 사람들에게 어느 순간엔가 찾아"오는 만들어진 기억, 사람이 된 개와 "94년에 무슨 일이 있었는지 기억나세요?"라는 질문을 통해 환기되는 재구성된 기억이라는 형태로, "만약 그 영화를 언젠가 보게 된다면, 하고 생각하게 되자 문득 이전에 그 영화를 보았던 게 아닐까 하는 생각"으로, "테이블 위 가습기의 김 사이에서 피어 나와" 조잘조잘 떠들어 대는 세 마리 닭의 모습으로 나타난다. 그것을 대하는 '나'의 태도가 재미있음. 어떤 상황에도 놀라지 않고 차분하게 상황을 마주하는 '나'는 종종 전망이 보이지 않고 좋을 것도 없는 상황 속에서 "방법이 없다, 아무튼 방법이 없으므로 그것에 스스로 다가가보는" 마음으로 "뭔가 잘 안 되는 게 당연한 듯한 시작이었는데 그럼에도 흘러가고 손에 얻게 되는 좋은 것들이 있을 것"이라는 생각으로 "일단 중요한 것은 그걸로 뭔가를 좋은 것을 할 수 있다는 생각으로 그것을 둥글게 뭉쳐서 굴려 굴려야 한다"는 자세로 결국은 "사라지는 것이 두렵지 않게 되었다고 생각"한다. 이때 가장 중요한 것은 "너와 내가 만나 대화를 통해 공간이 만들어진다는 감각"[*]이다. 그렇게 만난 사람들과 "잡은 손을 놓지 않고 옆 사람을 많이 좋아하고 믿으며 서로를 잘 돌보겠다는 마음으로 잘 헤쳐나가"는 것. 쏟아지는 눈을 맞으며 이미 얼어붙은 길을 미끄러지지 않으려 애쓰며 걷고 걸어 고기를 먹으러 가기 위해서?

메모c. 고기는 다른 무엇의 상징도 아닌 그냥 고기라는 사실이 중요함(그래 고기는 맛있지).

메모d. 앞서 일직선의 시공간을 흐트러뜨리는 또 다른 시간과 공간을 가진 이야기라느니 존재한다고 딱 잘라 말할 수는 없지만 존재하지 않는다고도 말할 수 없는 가능성으로서의 삶이니 가능세계니 하는 말들로 좀 구질구질하게 늘어놓았던 부분을 다듬고 부연할 필요가 있다. 그건 거대서사의 붕괴…… 자폐적인 세계…… 실험적인 언어의 사용…… 같은 것들과는 아무 상관도 없다. 말하자면 믿음의 문제. 「사랑하는 개」의 화자는 이렇게 설명한다: "입 밖에 내뱉은 말에는

---

[*] 박솔뫼, 「9월 도쿄에서」, 『겨울의 눈빛』, 문학과지성사, 2017, 245쪽.

아무튼 간에 뭔가 힘이 있긴 있다는 것이다. 그 말은 항상은 아니겠지만 어떤 순간에 힘을 발휘하게 된다는 것이다. 개의 눈을 바라보고 아이의 눈을 바라보고 상대의 눈을 바라보고 무언가를 말하는 것은 거기서 뭔가가 변해버릴지 모른다는 것을 각오하는 일일지도 몰랐다." 말들에는 힘이 있고 말의 주인 같은 것은 없고 내뱉어진 각자의 말들이 힘을 합치거나 서로 동등하게 부딪치는 모습을 박솔뫼의 소설은 보여준다. 따라서 거기에는 일종의 혼란이 정체가 중첩이 있고, 논리적이지 않은 터무니없는 것들이 항상 존재하며 끝내 해소되지 않는다(리얼리즘이라고 이름 붙여진 장르의 소설들이 현실적이라고 불리는 효과를 만들어내기 위해 특정한 말들을 힘의 논리에 따라 늘어놓으며 기승전결의 형태로, 사건과 그것의 해결로, 드라마와 에피파니를 제공함으로써 사람들이 현실을 인식하는 감각을 단순하고 매끈하게 만드는 것과 비교할 것). 박솔뫼의 소설은 우리를 더욱 혼란스럽게 만드는 동시에 혼란에 대처하는 태도를 우리에게 가르쳐준다. 새롭게 시작하는 것들을, 그 나름의 길을 가는 이야기들을, 서로 다른 주장을 하는 말들을 정확하게 받아들이기. 섣불리 정리하거나 넘겨짚거나 의미를 만들어내지 않고 혼란을 (잠시만이라도) 혼란으로 두기. (박솔뫼의 모든 화자들이 그렇게 하는 것처럼) 세계 속에서 주인공도 희생자도 관찰자나 방관자도 되지 않고 세계와 함께 있기. 언제나 다른 장소와 다른 시간이 다른 존재가 다른 이야기가 있고 그 모든 것을 신경쓰며 살 수는 없지만 그것이 없다고 말할 수도 없다. 박솔뫼는 그렇게 생각하고 따라서 어느 순간 그것을 말하지 않을 수 없다. "계산을 하러 가게 주인과 마주했던 순간 왠지 제가 이곳을 못 찾아서요 헤매다가요 하고 주절주절 말하고 싶은 마음이 들기도 했지만 아무 말도 안 하고 싶은 나는 무슨 이야기인가를 아주 많고 많은 이야기 커다란 이야기들을 그냥 마음에 품고 있고 당신은 그것을 내 이야기를 알아도 모르고 몰라도 압니다 하는 마음이 들고 나는 돈을 내밀고 아무 말도 하지 않고 돌아선다. 도형은 편의점 앞에서 담배를 피우고 도형이 피우던 담배를 한 모금 나눠 피우고 왜 어디로 가는 것일까 그리고 어디로 가는 것일까 나는 종종 생각해 그곳이 어디 있는지 혼자서 문장들은 꼬리를 이으며 쫓아가고 그러다 입 밖으로 뛰쳐나와 나는 종종 하고 말하다 멈춘다."

메모e. 그런데 그런 태도를 유지하는 게 가능한가? 지나치게 순진하거나 과도하게 낙관적인 건 아닐까? "그런 내가 믿는 것은 말로 된 세계는 없다는 거예요." 한 단편에서 박솔뫼는 화자의 입을 빌려 말한다. 그리고 곧바로 이렇게 덧붙인다. "하지만 가장 중요한 것은 말이지요."*

메모f. 그러한 태도를 보여주는 인상적인 장면들. 하나. 동면에 들어가는 주인공을 따라 영문도 모른 채 호텔에 따라와 욕을 하는 고양이를 대하는 「여름의 끝으로」의 화자의 말: "지금 묵고 있는 방은 나와 차미가 차미에게 아무것도 이해시킬 수 없겠지만 매일 설명을 하며 한 달을 묵을 것이다."

둘. 개가 되고 싶다는 말을 해서 다시 개가 되어야만 하지만 좀처럼 인정하려 들지 않는 인간을 대하는 「사랑하는 개」의 개의 말: "아니 개가 되고 싶다고 말을 한 것은 분명해. 나는 금으로 오랫동안 살아온 노디가

---

* 박솔뫼, 「부산에 가면 만나게 될 거야」, 『겨울의 눈빛』, 문학과지성사, 2017, 123쪽.

그때 너와 함께 있었을 때 개가 되고 싶다고 말한 것을 분명히 차근차근 알려주려고 하는 거야. 그리고 금은 그때 개로 돌아가도 상관없는 거야. 충분히 이해한 후에 말야."

  메모g. 앞의 이야기와 다른 자리에서 다른 소설에 대해 했던 박솔뫼의 말을 연결할 것(그래서 어쩌라고? 무슨 말을 하고 싶은데? 결론이 뭐야? 이게 소설이야? 같은 말을 하는 사람들에 대한 박솔뫼의 대답이라고 나는 생각한다): "실제 내가 그 소설에서 묻고 싶었던 것은, 이라고 해야 할지 해보고 싶었던 것은 많은 글에서 당연히 이루어지는 혹은 이루어지지 않을 수 없는 대단원의 막, 의의와 지켜야 할 가치에 가기 전의 공간, 그 공간에 서서 그 공간에 멈춰 있는 상태로 눈에 보이는 것을 제대로 보는 것 같은 것이었다. 여전히 나는 공간과 기억을 그것이 어떤 식으로 흘러가 멈추는지 멈추지 않는지에 대해 늘 쓰고 싶다. 역사라는 것을 내 안에서 다른 식으로 그것이 어딘가에 멈춰 있더라도 공원에 앉아 그냥 우는 것이라도 그것이 결국 의미화될 수밖에 없고 의미화되어야만 하는 것일지라도 거기에

앉아 있는 상태 같은 것을 어떤 식으로든 계속 쓰고
싶었다."*

메모h. 그렇다면 이런 글을 쓸 필요가 있나? 나는 읽
기 전부터 『사랑하는 개』가 사랑스러운 소설이라는 것
을 알았는데? 구태여 이런저런 조각들을 맞춰 의미화
를? 일단 쓰고, 비평으로 나아가지 않고 비평 이전에
멈추는 것을 선호한다는 바르트의 말(『텍스트의 즐거
움』?『목소리의 결정』?)을 인용하며 마무리할 것.

3. 읽기 (침대에 누워서)

하지만 그건 너무 피곤한 일이어서 나는 일단 침대
에 눕는다. 베개에 등을 기댄 채 독서등을 켜고 『사랑
하는 개』를 읽는다. 겨울잠이라는 단어를 보며 나 역
시 겨울잠을 자고 싶다고 생각하고 "차미가 사료를 씹
는 소리와 이어서 물을 핥는 소리가 이어서 모래를 섞
으며 노는 소리가 들렸다"는 문장을 읽으며 고양이의

---

* 박솔뫼, 「9월 도쿄에서」, 『겨울의 눈빛』, 문학과지성사, 2017, 237~8쪽.

귀여움을 떠올리고 "호텔에서 며칠 지내다 보니까 이미 벌써 다른 곳에서 다른 사람으로 살고 있는 것 같아"라는 허은의 말에 고개를 끄덕이며 그래 휴가는 역시 호텔이지 나도 모르게 중얼거린다. 그러는 동안 몸은 점점 아래로 아래로 슬그머니 미끄러져 베개에 목을 거의 직각으로 기댄 채 이러다 목 디스크에 걸릴 것 같다는 생각을 하면서 그러나 자세를 바로잡을 생각은 하지 않고 계속해서 읽는다. 어느새 눈높이보다 조금 높은 곳에 놓인 교정지를 올려다보며 다음과 같은 구절을 읽는다.

"이전에 선생님은 극장이라는 곳은 영사기의 위치가 사람 머리 위에 있어서 사람의 꿈이 화면으로 상영되는 형태라고 했다. 극장의 공간이 여의치 않아 영사기가 바닥에 있는 곳이 있는데 엄밀한 의미에서 극장이라고 할 수 없다고 했다. 이야기를 들을 때는 확실히 이해가 되었는데 막상 극장에 앉아 있는 사람들이 있고 영사기가 그 위에 있고 위에서 바닥으로 V자로 반사하여 화면으로 상영이 되는 건가? 꿈은 머리 위로 흐른다."

그것은 내가 평소에 가지고 있던 생각과는 전혀 달

랐지만 어찌된 일인지 그 순간 나는 그 말에 동의하고 만다. 영화를 사람의 꿈이라고 말할 수 있다면 소설 역시 사람의 꿈일 수 있다, 라고 나는 내 머리 위에 놓인 소설의 문장들을 바라보며 생각한다. 어쩌면 나는 박솔뫼의 소설에 대해서도 그렇게 말해야 했는지 몰라. 「여름의 끝으로」는 사실 호텔에 놀러간 내가 꾸는 꿈이고 혹은 동면을 하는 허은이 꾸는 꿈이고 「고기 먹으러 가는 길」은 도형을 따라 잠든 내가 꾸는 꿈인지도 모르는 꿈이라고. 「사랑하는 개」나 「차가운 여름의 길」도 그래. 꿈에서 우리는 터무니없는 존재들을 너무나 태연하게 만나고 받아들이며 우리가 하는 말은 어떤 순간에 힘을 발휘하지. 사람이 개가 되고 개가 사람이 되고 시간과 장소가 중첩되고 하는 것들은 응축……이니 치환…… 같은 프로이트의 개념으로 적당히 풀어낼 수 있지 않아? 박솔뫼의 전혀 리얼하지 않은 소설이 이상한 리얼함을 주는 것도 설명할 수 있을 것 같은데. 물론 나는 프로이트가 아니고 프로이트를 모르긴 하지만……

하지만 나는 그렇게 하지 않기로 하는데, 누운 자세로 메모를 하는 건 귀찮은 일이기도 하거니와 침대 발

치에 잠들어 있던 개가 어느새 깨어 나에게 안겨왔기 때문이다. 지금은 2018년 4월이고 내가 2017년 4월 13일에 정말 개가 되고 싶다는 말을 했는지는 아직도 잘 모르겠고 친구가 내게 개를 잠시 맡기지도 않았지만 일 년이 지난 후 정말 친구는 내게 개를 잠시 맡겼고 눈처럼 하얀 개의 이름은 유키다. 여덟 살인 유키는 사람을 몹시 좋아해서 깨어 있는 동안에는 한시도 자신의 몸에서 손을 떼지 못하게 만든다. 책상에 앉아 책을 읽을 때도 글을 쓸 때도 소파에 앉아 함께 도그티비를 볼 때도 개는 늘 내 무릎에 앉아 몸을 내게 맡긴 채 언제까지나 기억할 수 있을 것 같은 온도로 숨을 쉰다. 그래서 나는 침대에 누운 채 개를 품에 안고 규칙적으로 뛰는 개의 심장을 느끼며 계속해서 박솔뫼의 소설을 읽는다.

그러니 나는 그냥 이렇게 말해야겠다. 2018년의 봄에 나는 몇 가지 방식으로 박솔뫼의 소설을 읽었다. 그 중에서 제일 좋았던 건 사랑하는 개를 사랑하며 읽는 것이었다.

작가의 말

「사랑하는 개」는 타카노 후미코의 단편 「오쿠무라 씨의 가지」(『막대가 하나』, 북스토리, 2016)에 영향을 받아서 썼다. 타카노 후미코의 「오쿠무라 씨의 가지」의 어떤 부분을 소설로 출력하고 싶었다. 잘 안 되었지만 잘된 부분도 있고 쓰면서 즐거웠다.

「여름의 끝으로」에 나오는 가이드라는 단어는 구로사와 기요시의 영화 〈산책하는 침략자〉에서 가져왔다. 가이드는 흔하게 쓰는 말이지만 이 영화를 안 봤다면 다른 선택을 했을 수도 있을 것이다.

내가 앞으로 할 것들과 하지 않고 하지 못할 것들이 늘 언제나 기대가 된다.

2018년 여름을 기다리며
박솔뫼

스위밍꿀 소설

사랑하는 개

© 박솔뫼 2018

1판 1쇄	2018년 5월 5일	**1판 2쇄**	2018년 6월 26일

지은이	박솔뫼
펴낸이	황예인
편집	황예인
디자인	함익례

펴낸곳	스위밍꿀
출판등록	2016년 12월 7일 제2016-000342호
주소	서울특별시 마포구 양화로58
연락처	swimmingkul@gmail.com
ISBN	979-11-960744-1-8 03810

이 도서의 국립중앙도서관 출판예정도서목록(CIP)은
서지정보유통지원시스템 홈페이지(http://seoji.nl.go.kr)와
국가자료공동목록시스템(http://nl.go.kr/kolisnet)에서 이용하실 수 있습니다.
(CIP제어번호: CIP2018011691)